小文艺·口袋文库

小说

成 为 你 的 美 好 时 光

小文艺·口袋文库
小说

荔荔

纳兰妙殊

上海文艺出版社

目录

荔荔

魔术师的女儿

荔荔

一

　　是我的鼻子先于我的心爱上她，这个，我从没跟阮荔荔说过。而最后一个忘记她的肯定也是鼻子——头一个是眼睛，其次是嘴唇，第三个是手指。指纹像磨秃了似的逐渐迟钝，再难读取她的清晰图像。我也没说过她香得像热带水果，身周空气都被香成了金黄色和柑橘色。所有记忆终会自我毁灭。所有痕迹。忘掉她，像忘掉一朵花。像春风里的一出梦，像梦里的一声钟。总有一天我会连贴着她耳廓说过的话也忘掉，得到完全的自由。

——像是马上要凝结成酪的牛奶，你的乳房。

那时我是什么样子呢？薄有姿色，没发育好那种瘦削，四季不戴胸罩，胸口还是少女式的平铺直叙，脸蛋用刘海儿遮去三分之一，蛮唬得住人；装乖，眼神温顺得成了恍惚、成了没主见。在公车上碰到男学生搭话，抿嘴一笑说读大二他们也信。唉哟，他们还羞答答要电话呢。其实我已经混到研究生院里了，在混不到丈夫只好混学位的女硕士博士群里算得上鹤立。我还是个处女——虽然这一点在研究生院里可不鲜见。英国言情小说女王芭芭拉·卡特兰德说：言情小说要想受欢迎，必须保住女主角的贞洁。这位不列颠琼瑶一辈子写了七百多本言情小说，女主角全是处女，小说全部畅销——我不指望畅销，只怕滞销，一次性筹码，必须用到刀刃上。

我跟叫唐兰的 gay 男人假结婚时很当真地宣传了一下。他费力读着从惠灵顿、伦敦、拉萨、南非寄来的结婚礼物落款：劳伦斯、桃乐丝、丹纽……诧异地笑：你的交游真广阔，世界各国人民都发来贺电了。

我遂翻出念书时的合影给他指点：

——劳伦斯其实是陕西米脂人，两个门牙中间有条缝，一笑就提手背挡嘴，"米脂的婆姨绥德的汉"，劳伦斯有点女相，眉眼俊气得很。半个院的研究生一起去国际艾滋病防治研讨会做同声传译，只有劳伦斯赢回一封感谢信，全院通报表扬，那几个非洲来的黑人女专家喜欢死他了，喝咖啡买纪念品都点名要他鞍前马后。他的原名得费点劲儿才想起来：确实姓劳，劳四龙。（三秦缺水，风俗中遂包括了不爱沐浴。劳身上常年有油腻腻的浊气。）

——桃乐丝是沈阳人，说铁岭英语，走路外八字，有两颗四环素牙，结婚前半年贴瓷面盖住了。（她是个高胖女人，不幸分享一切胖子都有的、陈腐不新鲜的体味。）

——丹纽。周松。跟欧阳修、文天祥同乡，江西吉安人，他每次介绍乡梓都要把六一翁和文文山搬出来，生怕人看低了。马驹样刀条儿脸，含胸，扛着后背，眼神虚伪地谦卑着；美帝靠好莱坞强力输出卷舌头的美式英语，全院也没几个操英音的，丹纽的女王英语（Queen's English）便相当出挑。我像往石头上泼水一样短暂迷恋过此人……

我靠气味留存记忆。气味像书签一样标注出片段人生，又如琥珀把旧事包裹得须发分明。

那儿是我再也回不去的故乡。一座高校城，江中一块巴掌大的岛屿。像《呼兰河传》中祖父的花园之于萧红，地母该娅就存在那段时空中，并不够美好的声音、气息、光线、饲料、肉体接触，却把我喂得精力弥满，不得不偶尔假装懒散与恼郁。那阵子真好啊，时间无论哪一天，总像是第一天。随时随地都可以浪费一个开端、再重建一个开端。其实也不图念学位，是图清清净净地多念一会儿自己，欲望、需求、选择，甘心不甘心的，委屈哪些坚持哪些，掰扯清了、平心静气了再离乡远行。我在那儿的"诨名"是 Wesley，卫斯理。

　　好多年后我到悉尼去，顺路看望已经移民的导师，离婚之后她的头发白了一半。她两秒钟就叫准了：卫斯理！笑道：挺秀气的闺女取个男人名，我一直都记得。但她不记得卫斯理的中文名，卫铮。两个名儿都不是我自己的。教历史的父亲崇拜魏征，卫斯理是倪匡科幻小说的主角。

　　不过，Lily 就是 Lily，阮荔荔。Lily，百合花的意思。

二

　　高校城是个吐纳自成一体的小城，十所大学建筑风格迥异，却又出奇地达成和谐之美。岛甚至成了著名景点，大巴车拉着外地游客慢慢驶过，他们透过玻璃看少年少女结伴从美丽的建筑物里嬉笑走出，穿过马路，消失在大片青绿树丛中，好像在野生动物公园里观赏瞪羚、角马成群徜徉。提着一小袋行李坐车进城的时候，我就是这个感觉，我是一头新入园的小动物，急切地爱慕着此处良好的饲料与放养。

头一回在导师家里开"见面会"，三个年级十二人，加上两个博士师兄，尊长些的占了坐具，年轻点的坐地毯。好一副热气腾腾的桃李图。46岁、时任外国文学研究会副会长的吴妙珊教授慈祥地笑着，听师兄弟师姐妹们用英语自我介绍。名字、籍贯、本科学校、已发表的论文、自拟的未来研究方向。一圈带着高原红、山地黑的北侉南蛮脸孔，微笑着以英文名互唤，场面真是有趣，所以我脸上的笑不是假装。三年级的一个师兄比我大出一轮。有的人只大三四岁，却明显是另一代人，他们主动按照上岁数人的风格穿衣说话，嗓音都带着拘谨的味儿。

不少兄姊口语大多带点口音，这就没辙了，母语印痕太难去除，用"疯狂英语"李阳的说法，是缺乏国际肌肉。想当口译、进合资企业，肌肉欠佳的一条舌头注定张嘴就败下阵来。若在洋人地盘儿，雇主有权以口音为由拒绝应聘者，这甚至不违背美国"公平就业机会委员会（Equal Employment Opportunity Commission）的规定。败下阵来的人们，振奋起对付考卷的天分，赢得继续躲在研究生院里的资格，希望用学位证书粉饰失败。

——阮荔荔说：读硕士的是 loser（失败者），读博士的是 losest。losest 是她自创的，用 er 和 est 造成比较级。我大笑，补充说：但你必须拥有它，才有资格轻视它。只有白玉为堂金作马的贾府能拿撕扇子当娱乐，只有进了哈佛的学生能说常春藤盟校里全是蠢货，不然人家觉得你是犯葡萄酸。

师姐桃乐丝张嘴一笑冒鱼腥，午餐多半吃了鱼，鱼的碎末还顽强地在她胃口里散发尸气；客厅窗户半开着，微风吹来大师兄衣物纤维里的老人味儿，才三十六岁的人，提前长足了五十岁的膘；二师兄为赶这个见面会直接从火车站来，一直摩挲自己的少白头，闷了一夜的两脚在廉价皮鞋里默默发臭。我好玩地辨认所有人的气味，同时偷偷害怕心爱的英文名被糟践，比如 David，戴维，大卫，怎么念怎么写都有敏感的美，这可是洋人投票选出的"最性感男人名字"头一名。

戴维倒没出现，更牛嚼牡丹的是出了个塞巴斯蒂安。这名儿背后最该有个水仙花式的奈煞西施（希腊神话中落水身亡、化为水仙花的美少年），单让几个音节在舌尖滚一遭都销魂。而这番销魂居然被矮胖博士师兄占去了。我暗自决定以后绝不叫他这个。他的中国名是什么来着？哦，王根宝。

前门轻响。一个人影闪进来，一个被白衬衣裹紧的宽大脊背先亮相。他手里抱着两摞书，环顾四周，薄薄的络腮胡里闪出个绅士极了的笑：Hello，everyone！白牙齿云破月出似的一亮。这就是业界著名美男子、"第四次翻译浪潮领军人物之一"、导师的soul mate（灵魂伴侣）：谢玉轩。Professor.谢。据说吴妙珊把这个比自己小三岁的花花公子师弟攻打下来，是一场学术界的经典战役。46岁导师的嗓子里甜蜜地出来一声26岁的娇唤：Anthony（安东尼），来看看我新收的学生，丽莎、卫斯理、劳伦斯，是不是比你的高徒强！话尾巴上的语气是肯定的，然后朝学生们飞个会意的甜笑。

大家参差不齐地喊"谢老师"。

谢教授耸眉，我可不是你们老师，叫我安东尼就行。

导师笑眼弯弯，你天天当我的老师，那也就是她们的老师了。中年人特意在年轻人面前调皮一些，有示好和不服老的意思。

丽莎大声说笑话邀宠：男老师的夫人叫师"母"，女老师的爱人是不是该叫师"父"？——谢师父！

所有人都凑趣、知趣地笑起来。谢师父正热情地把手里的书分给大家：来，一人一本。我和你们吴老师合作翻译的小说。上个月刚上市。丽莎继续装憨：老师，您不该送书，应该让我们自己去买，给您增加销量。另一个新生劳伦斯问：老师你跟谢老师一直互相叫英文名吗？吴老师笑眯眯地解释：读书时候一直这么叫，习惯了，改不过来了。

我贪馋地偷偷打量安东尼·谢。呀，半点破绽也找不出。这男人风韵正盛，肤色和精神仍是暑假到欧洲度假度出来的爽气。高等学府像个福尔马林瓶子，把二十年前的俊俏保存了七七八八，身上科隆香水也压不住清新体嗅。

他每走到一个学生面前，都叫着对方的英文名寒暄几句。到我面前，他笑道：卫斯理？这么秀气姑娘取了男孩名儿。你们导师跟我把学生都看得跟自家孩子一样，有什么困难，无论是生活上还是感情上的，一定开口。

又用目光示意另外两个新生：丽莎，劳伦斯，你们也是。听见没有？带浅浅凹陷的下巴温和又霸道地往里一收，那股"自己人"劲儿恰到好处。三个学生忙不迭点头。这真是不能再无瑕的男人。吴女士翻动书页，不时微笑看着谢玉轩的侧影。谢玉轩回头向她：珊娜，去厨房把我买的西瓜切一切，拿来给大伙吃。

这时我站起来，老师，我去切瓜吧。也忍不住卖弄一下：有事，弟子服其劳。有酒食，先生馔。

谢玉轩头一个表扬我：喔，卫斯理的古文不错嘛。我就在他给其余学生补习《论语》的当儿，顺利溜到厨房去了。

厨房跟女生宿舍差不多大，一片乳白色，新洁得像样板间。西瓜就搁在石英石料理台上，三个。我乐得远离人群，扭开水龙头仔细把瓜皮洗得青翠。外间传来门铃声。我没回头，隐隐听得客厅有集体打招呼的喧哗。瓜牙子不能切太宽，否则会吃得一脸黏糊。远天轰隆一声闷雷，要下雨了可是？

等端着两碟子西瓜回到客厅，看到谢玉轩的脊背朝里站在门口，正跟门外的谁低声说着殷殷送客的话。导师喊道：哎，Lily，瓜切好了，吃两牙瓜再走？

门外飘来一个年轻女人的嗓音：不啦，吴老师，我回去了。

窗外"沙"地一声，雨像忽然醒过来似的，迅猛又欢快地下来。谢玉轩坐下，拿起块瓜，又放回去，脖子往后一梗，怪罪谁似的：呀，Lily 空着手来的，好像没拿伞。吴妙珊并不太热心,嗯,刚应该让她捎上一把……算了,她估计走到楼下了。

谢玉轩皱眉:我给她送下去吧。雨太大了。你打她的手机,让她别动,在楼下等着。

吃瓜嘛,都吃瓜。我们老谢就是会挑瓜。Make yourself at home(就当自己家一样)。谢玉轩出门之后,导师平静地张罗,也探身给自己拿一块瓜,但笑得没那么带劲儿了。桃乐丝尽力掩饰,还是打出个腥味的哈欠,眼帘松弛,泪汪汪的。雨丝越来越粗,鼓点稠密了。

结伴回学校的路上,我问桃乐丝:来了又走了的那个 Lily 是谁?

是谢老师带的学生,研二。

丽莎"Wow"了一声:Lily 师姐真漂亮。

人群里不知是谁从鼻子里笑着哼出一声,是那种知根知底的人对不知情人的宽容。

这是我跟阮荔荔第一次"见面"。有某些特定时候,你甚至只听到声音就开始对那人感兴趣——我说的不是电台DJ。说话声音的节奏、软硬、高低、频率也像气味一样带有密码。跟同门一起挤在公交车上，我像福尔摩斯找到新案子一样，得趣地咂摸那没见着的姑娘：声音又沙又甜，男人女人听了都忘不了；她肯定早不是姑娘了；她比我大三到五岁；在世界里混得自如，谁都忍不住要宠她一下……模糊听见前面的塞巴斯蒂安·根宝说：你们瞧，卫斯理一直在smilence。

这是中国人学英语生造的新鲜词儿，smile+silence，笑而不语的意思。

三

后来见着神秘的Lily是两个月以后。在这中间，我像中了邪一样死活碰不上她。去听澳洲交流学者的讲座，桃乐丝给大伙看她手腕处一条黑色骷髅图案布巾，乐颠颠说：Lily的。我夸pretty cool（超级酷）！她立刻就摘下来给我，帮我拴在手上。真是好看死了，是吧？

我跟着大伙一片声胡夸，凑过去轻捻那条手巾，嗅到一丝故主的香气。手巾上别着几个闪亮亮小徽章：NBA凯尔特人队徽，皇家马德里队徽，两个银星星。多秀气一件玩意儿，胖乎乎的桃乐丝和红高跟鞋跟它完全是风马牛。

同门都积极去旁听谢玉轩的大课，在QQ群里郑重其事地通知时间地点，听完了好在导师的课上热火朝天地聊起来。捧"师父"的场，比捧导师的场更重要。我却大部分都缺席。好歹有一天上英语课时，跟丽莎问起，谢老师讲了点什么？有笔记吗？

她嘻嘻一笑，从包里拿出一个笔记本：讲钱锺书关于翻译的"化境"说。上次我也没去，不过找Lily师姐借了笔记。

天，这么漂亮的本子！硬皮的，四角包着印花的金属片，要命的是封皮和内页都印着捷克画家阿尔丰斯·穆夏的装饰画，美得让人生气，这怎么可能舍得写字嘛！里面满纸英文写得粗头大脑，每个字母中间隔着好大缝隙，绝不连笔，a像个拖着长辫子的脑袋，b的肚子扁得夸张，

n 画成个方形小门洞。丽莎说：Lily 师姐就是写字太孩子气。意思是别的方面没治了，这是白璧微瑕。

我笑笑，不想说这是我见过最好看的英文手写体，疏懒得像八大山人的画。绝不徒劳地与别人争辩审美问题，这是原则。

我说：笔记本借给我，等抄完我去送到她宿舍吧。

丽莎说好，并把宿舍号告诉我。两个月时间，她已经竞选到学生会里一个职务，半个研究生院都混熟了。

晚上九点半，图书馆和教学楼断电关门的时间。宿舍楼开始像逐渐煮开的水，人们一天中最精彩的夜生活时段进入了序幕。楼里每一层 80% 的门都敞着，每个小浴室里都在哗哗作响，蒸汽混着伊卡璐、飘柔、强生的香味四溢；她们披着湿头发吃零食、剪指甲和趾甲、择眉毛、看电视，80% 宿舍的电视播放同一套电视剧，女人们在同一个催泪点凝视、抽噎，在同一个广告时段起身抢厕所；不看电视的穿着卡通睡裙、倚在走廊栏杆上，时笑时嗔地用方言给家人或男朋友打电话，电话线长长地从屋里拖出来。

我书包里装着美轮美奂的穆夏笔记本，在楼里一层一层往上走，逐间屋辨别洗发水、沐浴露、护肤油的牌子，忽然被这些门里透明的生活感动了。在被痛苦、琐碎的日子铐住四肢和生趣之前，这些最后的狂欢！少女们对这种幸福无知无觉，只有那些超龄的老学生们意识到了，就像那边靠着消防玻璃柜的一个40岁左右的女博士，她跟风穿有个立体维尼熊脑袋的拖鞋，对着手机大声呵斥小孩不许跟班主任顶嘴不许逃课，挂掉电话，无因地冲着盛满喧嚣的楼宇微笑一记。

然而这些人里还是没有Lily。她寝室的女生指指她的床：她在外面租房住，经常不回来睡。喏，那个床铺和书桌是她的，你把笔记本搁下就行。我道了谢，恰好电视里某某品牌白酒"提醒您，精彩节目马上继续"，她立刻转开一张藻绿的面膜脸，去跟着继续了。

我得以磨蹭着，蹭到 Lily 的书桌前面，细细打量。

没有相架、巴掌大绿色盆栽、毛绒玩具这些女生的零碎。一个台式电脑，一对音箱。一瓶护肤霜孤零零立着，我拿起来看了一眼，居然是非卖品，城里著名理工大学化学系研制的试验品（是某个实验室 geek 来献殷勤？）。其余就全是书，横着立了两三排，竖着摞了七八柱。她的书真杂。我飞快地扫一遍露出来的书脊，还好，没有《红楼梦》、张爱玲、村上春树，更好的是没有郭敬明、安妮宝贝（外文系的人在中文读物方面的品位往往令人不敢恭维）。有的是麦尔维尔的《白鲸》，一套原版 D.H. 劳伦斯，王尔德《自深深处》，毛姆，《拿破仑情书集》。

电视里古装情侣声泪俱下地说着现代情话，藻绿姑娘的声泪已经呼之欲出。我到 Lily 的床前立定，轻轻掀开白纱蚊帐，像帐中有人在安睡似的。

——有点像希腊神话中，普绪珂手持油灯，想要亲睹丘比特的面容。

整套寝具都是黑白格图案的，被子叠成马马虎虎一方，黑绸缎吊带睡衣像蛇皮似的软绵绵蜕在角落里。白枕头留着个浅浅印子，尚未抹平，仿佛主人那颗透明的头颅正放置在枕上，吐出甜香的气息。枕面儿上落着一根黑褐色长发。

眼前情景竟有说不出的旖旎。

我伸手想在那枕头痕迹上摸一记，终于作罢。只把穆夏图案的笔记本放在枕边。

四

这是个在学生中间传俗了的故事：洋教授对中国校园里少女们手牵着手的景象发表疑问：你们国家居然有这么多公开的"蕾丝边"？！负责接待的同学吃力地解释：她们不是蕾丝边。那她们是什么关系？该同学想翻译"闺蜜"这个词，却只翻出一半：她们是……honey。

Honey，也是情人的意思。

女人和女人的亲密，有时能去到男人绝达不到的地方。她们像最模范的情侣一样形影不离，无私地袒露心底的温软、恶毒、迷恋，分享最贴身、最细碎的烦恼：脱紧身牛仔裤总把内裤也尴尬地带下来，戴毛线帽会把刘海形状压得傻死了，冬天时最讨厌用冰凉的手把乳房塞进乳罩，月经在雪白地结束 24 小时之内会杀个回马枪……度过一个连体婴时期之后，两个姑娘各自大姨妈造访时间也会达成一致，于是她们在同一个时间面色苍白、愁眉苦脸、手捂小腹，给彼此沏红糖水、灌热水袋，用哼哼唧唧的撒娇和诉苦减轻痛苦。

这种关系可能持续一两年，帮助她们度过孤独、无所适从和迫切需要陪伴的青春期，并在某一方找到男情人之后暂时终结，落单的那位也会再与另外一人结成对子。

高中时，我住校后选定了一个"追随目标"。她是我下铺的短头发女孩，皮肤粗糙，无论什么季节都穿裤子，无论何时都冷淡镇定，提前具备了严厉中年妇女的雏形。我以软弱、怯生生的态度像尾巴一样黏着她，甚至早晨起床也要从自己的上铺探头看看她有没有起床，以便跟她同步洗漱，一起去教室。她有点讨厌我，但可能出于对"被跟随"的成就感，一直没驱赶我；大学时代，我升级成了被跟随者。同屋一个肤色黝黑的湖南姑娘，瘦小，与我形影不离了两年多，她总是挎着我的臂弯到处去。吃饭、自习、逛街、到澡堂洗澡、到图书馆借书、散步、逛街买衣服。上舞蹈课的时候，两人一组跳华尔兹，我跳男步，她跳女步。我预演了她情人的角色：她经常忽然兴致勃勃，斜着身子小碎步向我舞过来，用嗲嗓子叫我"铮宝宝"。我觉得这种角色让她和我都很舒服。

另外一个院的四个女生，因为感情太好，结成一个颇有点名气的小团体，她们的名字都是 ABB 格式：严飞飞、王蓉蓉、苏英英、欧阳真真。像某个戏班子里的排行，一簇姊妹花。南方农村地区，家长不对女孩子抱太大期望，懒得组织什么好意思，更懒得想第二个字。她们的团结更夸张，任何一个成员结交男友，都要经过另外三人的认可。

在少女们那没头脑、没头没脑的亲密中，是不是培育了、又忽略了好多蕾丝边情人？

我给假丈夫唐兰讲过这些事，在床上。他单眼皮、细长鼻梁，上嘴唇形状鲜明得像丘比特的弓，每说一句话犹如射出一支柔软箭矢。一副娴雅目光，两只颀长的手，构成平和的性感气息。

唐兰的爱人跟他一起四年了。"成交"那晚，三人去吃法国菜庆祝。那人叫安士佳，人跟名字一样，安安稳稳那样的好，双颊清秀地塌陷，黑发披到肩膀，一只耳垂戴小小钻石耳钉。他老早出了柜，该吵的架、该绝的交都熬过去了，一对中学教师爹妈眼看吞安眠药、逼相亲都不管用，也就撒手说一句好自为之。好在安家还另有四个儿女，负责完成闹出轨、闹离婚、争房产、溺爱小孩、妯娌吵嘴、连襟互相轻蔑这些异性恋世界的生活任务。

两人都好看，有点不对头的那种俊，衣领

太干净挺括，动作太自爱。当唐兰跟安士佳对视，两副目光现出长年厮守积淀下的温存和绝对权威，一切都在空气中。

好事若无间阻，幽欢却是寻常。在一边嚼七分熟牛排的我，就是令他们凝视成生死恋的障碍。没有灾难哪能凸显伟大？假夫妻和历尽艰险的爱情，不得不暂时屈从邪恶势力的王子与王子，天哪，都成童话了。我可得把反派阵营的角色演好。

唐兰的爸妈在儿子改邪归正、成功结婚之后，惊喜交加伴着半信半疑，不时坐飞机结伴来探视，一待半个月。这时安士佳就暂时住到朋友家，我从我租住的小屋里紧急搬到唐兰的一室一厅去，用一天的时间把我的痕迹丝丝缕缕布置到小单元里。

工科生就是有条理，唐兰把要"装饰"的地方列了单子，衣柜里四季女服，卫生间晾丝袜，床头柜里用剩8个的杜蕾斯盒，抽屉里开了包的卫生棉，冰箱里放上龟苓膏，客厅茶几上摆好瓜子、话梅、棉花糖，等等——不能放全新的东西，要放用了一部分的半拉子。他实在心细如发，连把我的长头发放到下水口的铁箅子上都想到了。

老两口以为我不知道唐兰的"毛病"，说话时像头顶着文物一样小心翼翼。有回他妈说：小卫呀，你这名字像个男孩儿，我们唐兰的名字呢又像个女孩儿，搁一起特别配。他爸横了他妈一眼，好像这话就泄露天机，赶紧找补：兰字怎么就像女孩儿？那梅兰芳梅老板，叶盛兰叶老板，不都是爷们儿吗！

我不忍心看老两口互相纠正，小心得这么累，也跟着找补：没事没事，妈说得挺对的，我就是从小有点男孩脾气，倔得很，正好阿兰性子温柔，互补了，要换一个人还真受不了我……

演着演着，就出来了乱真的柔情。好像我真这么会有宜室宜家的天分。

因为独生子有这"毛病"，他爸妈特别急着让我赶紧生孩子，万一某天我认清了唐兰的

"真面目"，一怒离去，好歹还给唐家留下香火，就算他以后再骗不到别的姑娘，老两口也不至于绝后了。他们反复游说、催促，我便装出新妇羞涩难言的笑，走神时想起多年前师兄的评价：卫斯理最擅长 smilence（笑而不语）。唐母着急了，反倒压低声音，小卫，跟妈保证，今年就完成这个任务，好不好？我则始终温柔地、真诚地打诳语：爸，妈，这些事情只能看缘分啦。

第一次同床，唐兰半开玩笑地说，要不要中间放个水碗？

我说：不用了，你不想当柳下惠的时候，说不定我也恰好来了兴致。

其实哪有什么兴致。最庆幸的是，唐兰居然这么清香，这份工作至少不会让鼻子受罪。在虚假的同床共枕之夜，唐兰喜欢靠我失败的恋情给自己找优越感——虽然哪边都做不成真夫妻，一边有名无分一边有分无名，可好歹还有安士佳的真怀抱和真嘴唇等着他。我呢？我只有一个断线风筝一样的 Lily。

　　他还特别喜欢打探女人之间的琐事，像个勤劳农夫一样翻垦我的情史，深挖思想根源。此外，还有十万个为什么。为什么不是蕾丝边的女人们也会手牵手、不嫌恶心？为什么女人和女性朋友可以好到躺在一个被窝里男人和男性朋友这样做就不行？为什么我和阮荔荔到最后还是一拍两散？

　　我忘说了，唐兰让我陪他累巴巴演一年戏的代价，是他负责养着我，和我不断被否定又拼死孕育的小说。他是工学硕士，合资公司的技术骨干，薪水颇丰厚，再养一个假小妾都够用。"交易"为期一年。一年是纸婚，"感情破裂"也说得过去。再单身看上去就正常多了，还可以用婚姻失败后灰心丧气、不想二人围城来搪塞家人。一年也是我给自己订的最后期限，再写不出点什么，我就死心塌地去考教师资格证、考公务员了。

　　爹妈不来的时候，唐兰和安士佳心情好，会时不时把我从我的狗窝里拎出来，去饭馆吃

顿像样的饭，或者去听戏、看芭蕾舞剧，一半
出于对"艺术家"的怜悯，一半为让我演戏演
得更尽心尽力，还有点下意识是邀请一个观众，
这样完美的爱情没人观赏赞叹，有点糟蹋。

凉菜或沙拉吃完，第一个不变的话题就
是给我找女朋友，我每次都这么解释：我不
算蕾丝边，只不过我爱上的人恰好（或者该
说"恰坏"？）是个女人。除了她之外的男
人女人，我都不爱。不可挽回的空缺已经给
我打上了封条。

另外一个话题就是我的"艺术"。安士佳
会问，你的小说写得怎么样了？写了些什么？
没写我和阿兰吧？

太珍视的东西让人羞于提起。我知道这只
是寒暄的一种，只要装作退稿太多、受伤深重
的样子苦笑一下，就能含糊过去。每种职业，
所有的艺术家，拥有的不过是驯服的能力。画
家驯服线条和颜色，作家驯服文字，司机驯服
方向盘和轮胎，舞者驯服肌肉和地心引力，演
员驯服泪腺、舌头和青筋，政客驯服群氓的脑子，

厨子驯服火和动植物尸体，翻译家驯服各种语言之间的露水情缘……他们把自己辖下的小兽教乖了，排演出节目，就可拿到街面上叫卖。我想要我的文字跳着舞演剧目，想要它们潺潺流淌，或放出烟花，但它们现在，还不够听话。

你看，唐兰就从来不问。他懂我讲一讲有多难受。

五

唐兰最喜欢听我和阮荔荔第一次真正的、"带血腥气的相遇"。他的理论是：第一次相识时的情境和地位，对未来成为夫妻或情侣后的角色有决定性作用。校门口开来了献血大巴，我陪室友阿敏一起去做奉献。她是文字学方向的，研究甲骨文拓片，刚突击写了两个月论文，自己也快瘦成了一片。

大巴车生意很冷清，一道白帘儿隔成里外两间，我和阿敏坐在外间，她填了表交进去，就坐着等待叫号。车门口放了个体重秤，是为了拦住体重过轻、爱心太满的虚弱瘦子。阿敏就差点没过关。不少路过的女学生都到上面站一站，看看读数，嬉笑着走开。有时读数没按姑娘的心思显示，就要挨骂了：这烂秤坏了，不准！

阿敏说：你不奉献一下？献血三次，终身用血免费，爹娘手术用血也免费。我摇头：我长这么大就输过一次液，见着针管捅进肉皮就晕过去了，所以我还是给别人省省事。身边一个扎着长长马尾辫的男生"喝"地笑出声来，这种为搭讪打先锋的笑，乖姑娘是该礼貌地回一下的。幸好里面叫了阿敏的名字。她犯了怯，说：你陪我进去，抓着我的手行不行？

结果抓着我的手也没奏效，她像上刑一样浑身紧绷，坚持到针管拔出身体，一站起来，就倒下去了。

倒下去的阿敏一副狰狞面孔，石膏似的脸嘴，我眼看她眼睛里的光和活气儿迅速熄灭，瞳仁成了两颗玻璃珠，想拿胸脯顶住她身子，未果，遂在不断挣扎中跟双目圆睁的她一起栽倒在地。

后来我听说，其实人们一大半是被我的哭喊吓着了。我一边哭还一边试图双臂抱住硬邦邦的昏迷者爬起身，这反倒碍了别人的事。白帘子一掀，外间的两人也冲了进来。

把我撕开来的是一双坚决的手，女人的手。手有点重、带点嫌弃地把我往旁边马尾辫男孩身上一掼，喝道：安静！我这才醒了一醒，不过仍很没出息地低声呜呜。我确是个傻姑娘，别说没见过死亡的世面，连死亡的仿品昏迷都把我唬瘫了。

那双女人的手已经跟两个护士一起把阿敏抬到了长沙发上，掐人中穴、捞起虎口掐合谷穴。马尾辫拉我坐在另一张沙发上，不断从口袋往外掏东西，纸巾，怡口莲，德芙，嘴也不停：你朋友没事的，别害怕。你的脸也白了，刚才摔着哪儿没？来，擦擦眼泪，吃块糖，喜欢吃哪种？我给你剥开糖纸……

我的脑子逐渐恢复正常转速。刚才那一嗓子声音好熟悉，这时又听到那人跟护士说话：

请给我拿一块热毛巾。

啊，她是 Lily。

我赶紧从马尾辫手里抢几张餐纸，狠狠揩脸，出丑是出定了，只能努力少丑一点。

护士喊一声"好了"，直起身子。阿敏慢慢转动眼珠，看着我。我向她苦笑，叹气。女人 Lily 从护士手里接过一瓶酸奶，插上吸管，放在阿敏头旁边，把吸管顺进她嘴里，低声说：躺着喝完再起来。

她终于转过身来。半个脸让一圈黑口罩盖没了，光露两只亮得出奇的黑眼睛、一块高傲的芭蕾舞者模样的额头。黑色宽松衬衣，紧身灰牛仔裤，白球鞋。衬衣宽松得可疑，下摆把髋部全遮住，明显属于某个尺码壮硕的男士。黑口罩上古怪地绣着两只眼睛，黄色的兽眼，脸上没鼻子没嘴，倒有四只眼。

我叫她：是 Lily 师姐吗？

她并不显得惊讶，点点头，倒像被人认出并不稀奇。护士问：你还要献血不？她淡淡道：为什么不要？

马尾辫说：你们是一个院的？

她坐下，伸直两条腿，袖子挽到臂弯，让护士把橡皮管系在胳膊上，反问：你是艺术院的？……嗯，这辫子太招牌，成你们院的院徽了。如果我是你，我就剃个平头或者，干脆光头。

"如果我是你"，这其实是英文文法，if I were you。我想起 Lily 送给桃乐丝那条pretty cool 的骷髅腕巾——她总忍不住干涉别人的审美。

马尾辫挺当真地抿嘴想一想，还用力点头：我叫路易……

Lily 哼着笑了一声：没想到除了外语院，还有别的学生自我介绍说英文名。

马尾辫倒委屈了：我爸姓路，我妈姓易，他俩贪顺口，我就成了路易。

她笑。终于摘下口罩。原来下半部分才是容貌的华彩篇章！好多女人都长了双很过得去的眼睛，但嘴巴甚至暴露人的智商和涵养。她的嘴角那么聪明，太聪明了。

趁马尾辫看得顾不上说话，我抓紧时间问：

Lily 师姐，你叫什么名字？

血抽完了。她连一秒都没等，就把止血棉签扔进纸篓，瞟了我一眼：真巧，我也就叫 Lily。荔枝的荔，阮荔荔。别叫师姐，乖。

马尾辫"呀"一声，忽然自己振奋起来：你名字里有 6 个力，所以力气大！刚才一下就把那个女生抬起来了。

Lily 做了个打哈哈的口形，然后就像再也受不了这种胡聊，倏地站起身，点点头代表告别：好，我有事先走，laters（回头见）！

这告别马虎得我有点伤心，此时才觉得，世俗的虚伪热情是有价值的。

马尾辫看我一眼，最后还是潦草一笑，追了出去。

到阿敏坐起来、表示能够回宿舍的时候，我已经平和了，这个荔荔好刺猬，不结交也罢。上次在导师家得出的判断是对的，她是被宠坏了……阿敏却有新发现：咦，你看地上，是你那位师姐的口罩。

六

黑口罩上绣的两只金黄眼睛，可能是老虎或狮子、豹。我把口罩扔在了枕头旁边。

夜里，其余床上都扯着鼾。我在黑暗中平躺，慢慢回手摸索到口罩，慢慢戴起来。

这是最贴近她嘴唇的东西，浸透油脂、呼吸。就像不经意见到了硬壳果的果仁。里面存储的气味复杂，层次分明。草莓味唇膏，奶油味面霜，海洋气息的香水，薄荷口香糖，以及像水果汁液一样洁净、植物式的体嗅与口气。气味像画笔一样，慢慢还原出一个孤立、冷淡、长身玉立的人形。

——这已经很像一个吻的滋味了。

七

故意耽搁了三天，我才揣着黑口罩到她宿舍去。

刚下完一场雨的午后，空气清新得像掺了酒，天空现出珍珠似的颜色。这是勤奋的女硕士女博士们"泡图书馆"的时间，宿舍楼安静地午睡。门扇半开。屋里就她一人，电脑音箱里，一个英国口音的中年男人正徐缓地朗诵故事，时而模仿不同角色的语气（我还一句没听懂就知道是悲剧），像一种背景音乐，令眼下的生活也不切实起来。阮荔荔在书桌前坐着，两腿折叠，膝盖提到下巴底下，圆溜溜足踵蹬着椅子边缘。一桌子厚厚薄薄的书。那么小的椅子面，她团成一球居然很舒服的样子。

我叫她的名字。

她一转头，看到我，说：哦，卫斯理。

——我上次根本没说出自己名字，她怎么知道的？

老谢有时提到你，说老吴手下的新学生Wesley，古文底子不错！老钱说过，做学问要打通，你们也要抽空看看古汉语。

——老钱即钱锺书，"打通"是他的治学观点（"以中国文学与外国文学打通，以中国诗文词曲与小说打通，词章中写心行之往而返，皆'打通'而拈出新意。"）。

我笑，拼命打腹稿想说一句聪明点儿的开场白。幸好她又说：坐下。嘘，听这一段！这段我最喜欢了。

她穿一件堪称巨大的灰色捆蓝边的篮球背心，背号24。两个伸出胳膊的窟窿太大，能看到她剃得光光的腋窝，以及乳房根部一段玉碗边缘似的圆弧。

我在她对面坐下，问：这是哪本书？

"Waugh-Evelyn 的《旧地重游》。"她把扣在桌上的一本书给我，正是《旧地重游》。并给我翻到那一段：两个贵族少年坐在华美空旷的老庄园中饮酒，把比喻句赋予每一杯香槟。我偷偷翕动鼻翼，尽量多地把她的气味抽进鼻子里。她可能出了点汗，体嗅更加浓烈。那肤色犹如夏日最后一株白玫瑰，带点象牙黄，是情歌里反复歌颂的、梦似的明媚。阳光充满房间，她裸露的肌肤上有一层细软汗毛，像桃子表面的绒。

　　一段朗诵完毕，哀婉的大提琴奏响。她伸手关掉电脑里的播放器，不得不从虚幻世界溜出来陪我这不速之客，心有不足地吁气。书桌近旁多了个足球，上次还没这玩意儿，我忍不住用脚尖轻轻踢一下。她说：那天下午我急着离开就因为这个。一个省队的朋友要打一场杯赛。他踢前锋。你知道那个规定吧？"戴了帽子"就能带走那只球当纪念……

　　"戴帽子"是进了三个球的意思。眼前出现蒸腾成一只沸锅的体育场，年轻的汗味和吼叫都蛮野得一塌糊涂，绿色猎场上那个前锋像被打了追光一样耀眼，他健美如活转过来的雕塑，摆臂和大跨步奔袭带出风声。每次从后卫铲断中突围成功、每次将圆圆的白色箭矢射入网窝，他都转过头去找某道目光。目光主人穿着他的黑衬衣，明晃晃的归属标识。终场哨声响起，掌声雷动，英雄捞起球就跑，浑身腱子肉欢欣地挤挤撞撞，牵着所有人的目光，像猎手献珍贵的猎物一样把它捧到黑衬衣面前……

　　一个诡谲笑意掠过她黑沉沉的眼睛。她

把身子往前一探，有了说体己话儿的表情：Promise you won't judge me（你要保证你不会批评我），他把这个球递给我的前一秒，还不知道我是去跟他说再见的。

——美人舍弃了英雄。刚才志得意满的一笑还来不及僵住，就成了哀怨。

我说：你就拿着他的战利品跟他分手？

他的汗味儿太大，洗澡都去不净，一动一身汗，腋下像长两只臭脚。再说，他下半年就要出国到智利什么球队去当外援了。

我在肚子里笑：她也是个鼻子委屈不得的人。问：那当初为什么又……

她居然理直气壮似的，因为我以前还没跟过一个球员呀。口气就像说因为我的标本册子里就缺这么一只虎眼蛱蝶。以此类推，足球运动员集到之后，也需要篮球运动员，她身上的篮球背心当然是继任者的战袍。

我站起来要出门时才想起把口罩掏出来给她。她随手往桌上一丢，起身道：一块儿走吧，我带你去个地方吃晚饭，等我换衣服。

她根本不背人，也不拉阳台帘子，就稍稍偏转身，双手抓着篮球背心的领口往上拽，一条玉样的长身子褪了出来，肋扇像手风琴一般柔韧地拉长，再把床上扔的米白线衣往身上一套，转身坐下来穿裤子和球鞋。

走到门口，她突然伸出手，眉头皱巴巴的，忍耐不住似的来解我的藕荷色衬衣：你为什么穿得像个修女？最顶上两粒扣子不能系！

她总要干涉别人的审美。轻巧的手指尖在颈子处的皮肤触了一下，又一下。看嘛，你的锁骨多好看，我要是你，下大雪也要把它露在外面。这是"美人骨"，连项链都不用戴。

时辰刚好是晴空丽日，小城的路总是静悄悄的，天蓝得像一页童话，像一声舒服的呻吟。云在树梢丝丝缕缕地散开，路旁草丛中偶有月见草的花朵和黄色雏菊，像散落的金子，间或在阳光下一闪。

要紧的是，所有风景都会相应地为她发光。

我拿出五彩巧克力小盒，倒在掌心上几颗给她挑。她恶作剧地笑了一下：我要红的。一边说，一边拿起一粒紫的。我不懂地瞧她，她说：这还猜不出？我是红绿色盲。

黑白格子被单枕套，黑衬衣，灰裤子，白线衣，白球鞋。怪不得永远是黑白灰，虽然黑白灰并没耽误她让别人惊艳。彩虹、霞光、烟火、姚黄魏紫，全没她的份儿。我被震惊了，她却为我的震惊而惊：这有什么？又不是残疾，高考都不给加分，你别那个样子，没拥有过的东西不会让我伤心的。

我想起大仲马的"黑色郁金香"。你……可以让人帮忙参谋，买点彩色的衣服。

不，我信不过别人。她笑笑。不过如果你愿意替我挑，我就穿。

她领我去的地方在这小岛边缘的村子里。政府斥巨资建这个高校城，软硬兼施地迁走了五个村，成全了当职领导任内最拿得出手的一笔政绩。不过紧西边这村剩了下来，成了不大体面的镶边儿。穿过柏油路边缘的树丛带，走下一面土坡，就进村了。妇人在家门口支起绣花绷子，红线绿线地绣富贵牡丹，手里银光一闪。

几个爷们儿围桌子打麻将。有高大石牌坊的家祠香烟缭绕，黑眼睛土狗呆呆瞪视，呆呆地吠，七歪八倒的篱笆圈出一疙瘩一疙瘩菜地，菜苗正被粪肥的钝臭催绿，脸蛋红得像年画娃娃的小孩吵闹追打。我们走过去，村人都抬头看女学生。

跨进村里一间墙壁被熏黑的小食店，拢共四套桌椅，摆得高高的电视正放综艺节目。几个穿拖鞋的村汉用凉菜下酒，看电视。她熟门熟路地到厨房去，叫了两个菜。头一筷子下去我就"唔"了一声。吃饭过程中，腿和脚偶尔在餐桌下相碰，我低声嘟哝"对不起"，却又频繁变动坐姿，足尖伸出去又缩回来，腿慢慢晃动，期望再次与她的肢体相逢。

将要吃完，她说：这顿饭我请，我刚从老谢那儿拿了不少钱。说完享受我惊愕的表情，嘻嘻地笑。拎着啤酒罐走回去的时候，她才解释：老谢的书，我帮他写了三分之一的章节，他不给我署名，难道还不该给我点封口费？

谢老师……？

评职称每年得在核心期刊上发表至少三篇论文，他忙着到电视台给全国大学生英语演讲比赛当评委，又要到外省高校演讲赚口碑，又要上下活动到国外交流讲学的名额，又要应付风骚女生们的倒贴，又要摆平把他后背掐得青一块紫一块的珊娜姐——就是你们老吴——他哪有时间静心写东西？

我保持沉默。谢玉轩背上的青紫，她怎么看见的？——Lily, look at this！老花花公子好看地苦笑，把白衬衣扯脱半截，半转身，给这对黑沉沉眼睛展示一个婚姻牢狱中的受害者，这面让多少学生一往情深地目送的漂亮脊背，因为冷战在床上被祸害成这样。

她的聪明嘴角自知失言地一抿。我们静默下来，是因为说得太多了。

八

在我和唐兰的交易里，在他爸妈探视时同床共枕只是全套大戏里的一折，其余还有：时不时跟他一起给家里打电话，等他说完之后，接过手机热络地讲些儿媳话；各大节日拎着给亲戚买的礼物回老家省亲。

唐母一直保留着淡淡的疑心。进城观察几次之后，她想到另外一招。某晚十点半，她主动打我的手机，照例热情来热情去了一顿，她说：小卫呀，你把电话给阿兰，妈跟他说两句。

这招好厉害，我后背一下就潮了。母亲的直觉何其准确，智慧何其卓越，用心何其良苦。我回话说：妈，阿兰在单位加班，还没回来呢。

他最近这么忙啊？……那行，小卫，你也早点睡，别等他，咱女人最不能熬夜了，伤皮肤，啊。

通话一断，我半刻不敢耽搁，飞快地在手机键盘上按唐兰的号码。这个旧货市场买来的手机转通讯录极麻烦，走那条路肯定就慢了。我知道远远的小县城里，另一个女人的手正急急地按同样一串数字。揿下呼叫键的时候，我想：如果是"正在通话中"，这场戏也就唱到头了。朦胧中我竟怕被戳穿，这种薄如蝉翼、比露水姻缘还露水的夫妻，我竟怕做不下去。

年轻的手指战胜母亲的智慧，唐兰接了电话。刚"喂"了一声就说：咦，又有电话进来。

我大概快了五秒。

那个是你妈妈。刚才她让我把电话给你，我说你在加班。有第一回就有第二回，你赶紧想想怎么办。

清楚听得到唐兰倒吸了一口气。他转头向旁边说：他们学会新招了，咱完了。

当然，谁也不会认完。第二天傍晚唐兰向我宣布，他打算租一套两室一厅的房子，三个人住在一起，好应付随时查验。

几天后房子找妥，唐兰和安士佳先搬进去。傍晚我拉着一箱行李上楼进屋时，落地音箱正播放音乐，安士佳扎着围裙在厨房烧鲤鱼，抽油烟机轰隆隆响，唐兰往客厅餐桌上铺桌布、摆蜡烛和酒杯，整个是和谐社会、美满家庭的烟火劲儿。安士佳不时端着菜铲从一屋蒸汽里钻出来,举到唐兰面前，两人一起往铲子上吹气，然后唐兰俯下头，牙齿尖叼起那块食物，嚼着，眼珠转两下。安士佳严肃地看着他，等他一锤定音似的说"不咸不淡，正好"。这还没完，安士佳严肃着脸说我也尝尝，唐兰就让他把舌头放进自己嘴里"尝尝"。

我搓着手进了厨房，讪讪地想找活儿干，又被轰出来。安士佳貌似玩笑的话也是不咸不淡：我是女主人，不许跟我抢活儿。

等鲤鱼、甘蓝菜和莴苣上了桌，三人坐下，唐兰举杯：为新生活。安士佳累了似的有点笑不动，对他来说，新生活并不光明灿烂。我赶紧凑趣：为伟大的爱情。

饮了酒，我说：以后我来承担三分之一的水电费和房租吧。

唐兰说：算了，你的钱还不就是我的钱。

安士佳咳了一声，我才觉出这话有点怪，假夫妻被说成老夫老妻了。那你从我的月薪里扣掉一千，我再负责打扫卫生、做饭和洗衣服，成不成？说完我知趣地把眼睛看向女主人。

安士佳淡淡道：打扫卫生可以，做饭嘛，阿兰恐怕吃不惯别人做的菜，他和我的衣服，也还是我来洗好了。吃饭吧，鱼都冷了。

　　那两人简直不是在吃饭，一边低声说话一边鲸吞彼此的目光，饭菜和酒只当助兴的点缀。倒是需要浇愁的我来回续杯，半瓶子青梅酒都浇进去了，感觉那愁像花草吸足了水，格外精神地支楞着，充斥胸臆。

　　饭吃到半截，手机响了，我伸直胳膊给一对儿鸳鸯看屏幕：唐母。三个人眼中同时放出"好险"的目光，我们暂时又同仇敌忾了。我接了电话，主动说：妈，你要跟阿兰说两句吧？我让他接，来，阿兰。传手机时听见里面沙沙的说话声，唐母欣喜地埋怨自己：唉哟我太不应该了，打扰你们音乐晚餐了呀。

　　唐兰挂断电话后，我们都不出声地坐着，来回递庆幸的眼神。这时音箱里放出一首《You My You》，恰巧是我最喜欢的歌。它有一条越来越柔和的旋律，即使乐曲结束后天地不复存在，也能让人宁静，宁静到当下可以委地而死。那像是注入心头的温水，像是……烛光。

Every Romeo has a Juliet（每个罗密欧都有属于他的朱丽叶）

Wishful thinkers have their stars（满怀希冀的人也有属于他们的星星）

Hopeless romantics each have a love song（每个失望的浪漫主义者都有属于自己的一首情歌）

Played on their guitars（在他们的吉他弦上奏响）

But you（你啊）

You're everything（你是整个世界）

Every wish（每个希望）

Every dream（每个梦想）

Every prayer come true（每个祈祷俱已成真）

I feel so blessed to call you mine（能呼你为我的爱人，那是神给予的恩赐）

You're my you（你是我的）

Even more（甚至更多）

No one else I'll adore（没有人比你让我更为爱慕）

You're my you（你是我的）

In my mind（在我心中）

Simply one of a kind（是唯一的那一个）

You're the one who never fails to brighten my day（你就是照亮我生命的人）

My princess in every fairytale（你是我每个童话故事里的公主）

You're my morning till night（你是我的昼夜）

Such a beautiful sight（是多么美丽的风景）

You're my you（你是我的宝贝）

Your eyes（你的眼睛）

Your lips（你的双唇）

The touch of your fingertips（你指尖的触碰）

Promise me you'll never take them away（答应我你不会把这些带走）

For as long as I exist（直到我的生命终结）

You're the one who never fails to brighten my day（你是唯一能使我生命发光的人）

My princess in every fairytale（你是每个童话故事里的公主）

You're my morning till night（你是我的昼与夜）

Such a beautiful sight（你是多么醉人的风景）

You're the heat of the fire in a cold winter's night（你是寒冷冬夜中的温暖火光）

You're a raindrop in June（你是六月的雨滴）

You're the sun（你是太阳）

You're the one（你是我的唯一）

You're my you（你，是我的你……）

我手执酒瓶充麦克风，跟着合唱直到结束，一字不错，句子与句子之间的轻哼和转音也完全重叠。唱得兴起，起身踱到屋子中间，学正经 R&B 歌手的样子，半闭着眼，一只手伸到无人接应的空气里。姿势是上次我唱这歌的时候练熟的。

一曲终了，唐兰啪啪鼓掌。情歌让人格外渴望爱情，或者怀念爱情，浑身孔窍都醒了，大睁着无望地在虚空里搜寻。我放下酒瓶，扶着桌子没力气地笑笑：这歌儿在情歌中太有名了，外语院男生在女生宿舍楼底下唱过不止一遍。

安士佳说：你也给阮荔荔唱过？

我看着他的眼睛，他眼神一直闪烁不定，好像吃不准该放出什么表情。同仇敌忾的时间过去了。我暗叹一声，他有点受不住了，虽然唐兰选择我就是为了让他受得住。他一直在这桩事上委屈着，等待唐兰哄好了爹妈，骗得亲眷朋友们暂时放过他，能有个好心境继续认真恋爱，然而这事越来越复杂，越来越得寸进尺，如今真的假的居然要住到一个屋顶下来了，他还要把他的兰让出多少给这陌生女人分享？我简直替他疼惜这被腌臜了的恋情。我多么理解他，理解得我都嫌弃上自己了。

我拿出所有诚意说：对，我只给她一个人唱过，现在我也是在给她唱，虽然她听不见。你记得我说过吧？除她之外，别的男人女人我都没法再爱了。这话说得肉麻又罗嗦。但安士佳需要它，他的目光不那么阴了，拿眼睛说"原谅我"。他毕竟是善良的。强调我对旧爱的深情，能让我的日子舒服些。

唐兰看了安士佳，又看我，满眼都是抱歉。爱上个人好像欠了全世界。把唐兰的爹妈也算上，谁都没做错，谁都希望所有人全快活，可谁都各有各的伤心。这是怎么回事？我接住他的目光，又丢开。蜡烛的光四处流泻，是一层温暖和稀薄的液体，给一切都蒙上一层雾似的膜，物体、空间、声音和气息浸泡在这液体里，半明半晦，半浮半沉。烛光令唐兰的脸廓无比柔和，一半沉埋在暗影里，另一半映成金黄，像伦勃朗画中的人。

"来，我请女士跳舞。"他伸手把我拉过来，刻意紧一紧手臂，让我的胯紧贴在他腿上，很慢很慢地旋转起来。他的脸颊挨上我的脸颊。我低声说：放开我吧，我已经好了。他说：别说话。我感觉他一把弓似的嘴唇和脸肌在我脸上滑动。那么好闻的男人味，像加了绿薄荷的海水，弄得我舍不得推开。Gay 都不把女人当女人，所以这时的我不算个女人，可以厚着脸皮享用假丈夫借给的假熨帖、假浪漫、假心疼、假爱惜……所有"假"的来源，是真慰藉。还有什么是真的？我无暇去看安士佳脸上的阴晴，酒劲上来了，这个有两个男人名的女人彻底醉了。吉他弦声里美国女孩 Deb 懒洋洋这么唱：我想乘上阳光回来，永不再离开，我感觉不到温暖，除非是躺在你的臂弯。音乐云朵一样把人无限地托举上去，去到流淌奶与蜜的允诺之地。这必定是世上最美的夜晚。之一。我和阮荔荔也有过这样的好时光。我记得的。

九

日子长长的，又短短的，像腿脚飞快的窃贼。我不记得会渴望另一个人到这种程度。见不着她的邪算是破了，几天后，我在艺术院的"西藏行"作品展上看到光头的路易和戴黑口罩的Lily。新秃的路易，不时伸手摩挲青白头皮。这世界把男人源源不断地给她，就像人们把花生米丢给猴子，把小鱼丢给海豚。路易的作品《酥油茶》得了金奖。要赢下她，一定得打一场仗，她喜欢成功者。全省七大高校的外国语学院举行英语话剧大赛，已在学生会身居要职的丽莎挨个宿舍鼓动人参加，我报了名，把一个组的编剧、导演、主演都揽下来，故事是"普绪珂与丘比特"。

阮荔荔所在的组翻演《十二怒汉》，1957年得柏林金熊奖的片子。十二位陪审团成员待在一间小室里，围着长桌辩论一个男孩是否弒父罪人，全是大段台词。外语院缺像样男人缺得厉害，十二怒汉里九个得女孩子反串。

　　每个组都有特邀指导老师。教授们被请到小教室去观摩排练，年轻人的亢奋和激情把中老年人逗得满脸红扑扑的，也放出点认真来。

　　那个希腊神话是这样讲的：丘比特爱上人间少女普绪珂，每夜前来在黑暗中与她缱绻，但他始终不允许情人观看他的容貌。普绪珂的姐姐们心生嫉妒，说丘比特可能丑如潘神，教唆妹妹夜里偷偷看上一看。普绪珂被说动了心，深夜起身，手执油灯去照丈夫面貌，却不小心把热油滴在他脸上。丘比特惊醒，一怒而去。我找了劳伦斯来演丘比特，只要不大笑露出牙缝，全院没谁比他更适合。搞话剧这段时间，在外语院一向弱势的男人们 popular 起来了。我知道至少有两个组在争他。劳伦斯被抢得飘飘然。我给他买了一包软中华，才拉来了有牙缝的丘比特。他笑着说：导演，你这本子里有床戏和裸戏，我要加片酬。我说：故事我改了，床戏没有的，你好好给我演，演完再请你一包中华。

话剧大赛成了一时盛事。离比赛还有半个月的时候，本科加研究生一共八个小组在大阶梯教室提前预演，预演也是一场小盛事。院长副院长，吴妙珊、谢玉轩等各个小组的指导老师都到了，又请来了文学院院长做"顾问嘉宾"。是我宿舍阿敏的导师，七十多岁的老人，靠两个博士弟子搀来，还要颤巍巍地上台讲讲中西方戏剧文学之比较。

这次的预演不带妆，各个小组的人员在阶梯教室里东一堆西一堆地坐，阮荔荔远远冲我一笑。她真会笑，两秒钟的表情里，你还挺行啊看你的了不要被我比下去这些话都说出来了。《十二怒汉》排第三，我的希腊神话最后一个。

其余组有的是"黛玉葬花"、"威尼斯商人"，有的演"泰坦尼克之杰克和肉丝"，还有"等待戈多"、"阿甘正传"。指导老师谢玉轩把阮荔荔招呼到一边，皱着眉，在打印出的剧本上认真地指指戳戳，嘴唇一转头就擦她鬓角。吴妙珊始终直视着前方，眼珠转过去一下，又一下。

《十二怒汉》中，阮荔荔演一位建筑师，为男孩翻案的最关键人物。说是不带妆不穿戏服，她还是穿了男式黑西服西裤，头发挽个高髻塞在黑贝雷帽里，手执木烟斗，念完台词做深思状时抽上几口。

等轮到我们上场，观众都拖得没什么精神了。演到一半，普绪珂听完挑唆，有一大段独白。我目送五个坏姐姐走下台，转向观众，双手捧在胸前，刚要开口，发现贝雷帽不见了。就这么顿一下，后面的词忘个精光。

观众们精神了，其他组的人看笑话地微微张开嘴，等台上人出更大的丑。"侧幕"处，丘比特和姐姐们拼命用口型给我提词儿。我能感觉到那句台词在胸中努力成形，但终成被狂风吹散的云。她为什么走了？谢玉轩还在。是路易？还是24号篮球背心？我抬眼在空中逡巡一圈，手无望地在胸口十指交叠，指尖死死扣在手背上。

想不起台词，倒猛地想起洛丽·摩尔小说

里的话："那是一种有甚于死亡的恐惧——死亡居第四，残疾排第三位，离婚第二位，第一位，真正的恐惧，甚至连死亡也无法企及的，是演说。"

预演这就算失败了。大伙安慰我，没事，咱攒着劲儿到正式比赛的时候，一鸣惊人。吴妙珊提出新意见，Wesley，你啊，在中间或者结尾加唱一首歌，有说有唱，绝对加分。

我嬉着脸说：老师，希腊神话故事里插现代歌曲，不好吧，有点挨不上啊。

导师恨我愚鲁地一扭下巴：死心眼！丘比特说美式英语也挨不上啊。院长都夸黛玉那组的歌好呢，没听见？

想起来了，还真是院长金口钦点。本科生的一组，黛玉扶着小花锄唱了一段"Sound of Silence"（电影《毕业生》主题歌《寂静之声》）。预演结束后，院长上台点评，笑眯眯地笼统夸了一通，又格外夸黛玉同学歌儿唱得好。我们外语院的学生，就是应当，啊，不光学贯中西，还要说学逗唱样样精通，啊，让全校人都知道，最有才的学子，都在咱外国语学院！掌声，哗——

听完院长讲话，各个组都拼命往剧本里塞歌，据说有的要把"一起来看流星雨"翻唱成英文，让安东尼奥和巴萨尼奥打赢官司之后来个小合唱，黛玉除了《寂静之声》，还要加唱《人鬼情未了》。

我想了一会儿。忙活一个多月，不就为得名次露脸嘛，大雁塔底下还建亚洲第一音乐喷泉呢，大雁塔也没嫌弃；祈年殿里还点白炽灯呢，祈年殿也没说啥。花五秒钟想通了，就说：好的老师，我们挑一首英文 R&B 加在结尾。

坏姐姐们捂着嘴，带着妹妹看不到的诡笑，你推我搡地下台了。忧愁的普绪珂两手紧握胸口，在竖琴声里踱着步，长吟道：我万能的阿芙洛狄忒啊，如果你真要奖赏你的信徒，为什么赐给我没有面目的爱情？我亲爱的丈夫啊，如果你真的爱我，像你在夜合花绽放的晚间说的那样，为什么忍心要我这样苦恼？我可怜的普绪珂啊，如果天神真要你吞咽这样的命运，你为什么还要抵抗上天的安排？

然而，她仍到一个神婆家里去，跪在那老妇的椅子旁，放一枚金币在她手中，道出自己的苦恼。

老妇计算她的命数，大为震惊，她留下普绪珂跪在那里，起身独白：她的爱人竟然是爱神！啊，可怜的姑娘，如果她真的点起灯来偷窥丘比特神的容貌，将来有多少厄难在等待她啊！可这是神的安排，我又不能点破。有了！我想，也许这个法子可以帮她绕开命运的暗礁。

老女人回到坐椅上，俯身在普绪珂耳边：蜻蜓飞到你腰带旁边的那晚，留他在你身边，直到雷声止歇。

普绪珂念叨这句谜语，迷惘离开。走到她居住的神庙门口，一只拴着铁丝的蜻蜓撞上了她的腰带。她垂头看，又是一只。

她惊疑地看着蜻蜓飞远：难道就是今晚？

一束光照亮大床。照亮坐起身来的普绪珂，她对着黑暗：亲爱的丈夫，我的良人，你就要走了吗？

"喀喇"一声雷响传来。老妇的声音在天际回响：留他在你身边，直到雷声止歇……

黑暗里有两只手伸出来，捧住普绪珂的脸蛋。是的，普绪珂，请依旧耐心等待，我明晚再来温习你永远甜蜜的亲吻。

老妇的声音在天际回响：留他在你身边，直到雷声止歇……

普绪珂伸手抓住双颊上的手，柔情蜜意地对着面前的漆黑：亲爱的丈夫，我的良人，雨下得这么凶，雷声这么大，你的普绪珂会害怕呀，再多陪我一阵，至少，等雷声停了再走吧。

手抽了回去。丘比特无奈地：好吧。

就在这时，一道闪电无声闪过，青白色的光条划过，像绸缎在脸上飘过。虽比蜻蜓细脚在湖面上的一点还短暂，但普绪珂终于看到那张被闪电照亮的面孔。

她惊喜地呼叫：我的丈夫，我终于知道了你的样子！

丘比特也惊呼一声，大怒：我的脸！你看

到我的脸了？我叮嘱过你不许偷看我的脸！另
一束光打在他身上。他掩面转身。

普绪珂起身向前走了几步：亲爱的丈夫，
我的良人，可这并不是我的错呀。你要责怪可
怜的普绪珂，还不如去责怪雷神和雨神。

男人默然。普绪珂：告诉我，你为什么怕
我看到你的脸？

丘比特转身面向普绪珂。你不嫌我丑吗？
我的母亲阿芙洛狄忒说，我是世上最丑的男子。
我怕你看到我的脸，就再也不愿让我靠近你、
亲吻你了。

普绪珂抚摸他的额头鼻尖，如释重负地笑。
亲爱的丈夫，我的良人，我猜你的母亲是太爱你，
生怕你离开她。让你的普绪珂告诉你真相吧：
你是我见过的最美的生物，缀着露水的玫瑰也
不能比你的嘴唇更娇艳，夜幕衬托出的最亮的
星辰也不能比你的眸子更明媚，最纯洁的雪也
不能比你的肌肤更白皙。

钢琴悠悠响起，普绪珂牵着丘比特转向观
众，唱：

Every wish（每个希望）

Every dream（每个梦想）

Every prayer come true（每个祈祷
俱已成真）

I feel so blessed to call you mine
（能呼你为我的爱人，那是神给予
的恩赐）

Your eyes（你的眼睛）

Your lips（你的双唇）

The touch of your fingertips（你
指尖的触碰）

Promise me you'll never take them
away（答应我你不会把这些带走）

For as long as I exist（直到我的生
命终结）

You're the one who never fails to
brighten my day（你是唯一能使我
生命发光的人）

You're the one（你是我的唯一）

You're my you（你，是我的你……）

掌声。姐姐们、老妇上，众人鞠躬谢幕，下。掌声。

下台之后，我软成团棉花，赤着脚，步子像是醉了，踩着用别针勉强别住的希腊式白袍，歪了一下，赶紧扶着墙。录音师、道具师、姐姐们和劳伦斯兴奋得个个两眼贼亮，各讲各的历险记：Fuck！那雷声播到一半，电脑忽然死机！我也吓得差点死球！幸好那程序一直播着没死！Fuck！普绪珂给我的那块金币，我下台时从口袋里掉出来了，幸好没响！

金币其实是包金纸的圆形巧克力，道具师专门坐车到市里买来的，买了一斤，每排练一回吃掉好几个，到正式演出时候就剩两个了。

我们换下希腊长袍穿了鞋，溜到大礼堂后排坐下，两只凉巴掌捂在滚烫的脸蛋上，看剩下的一小半表演，等名次。《十二怒汉》抽签抽到头一个，演的时候普绪珂和丘比特在后台最后一遍对词儿，彻底错过了。

一只手在我肩上敲两下，我没回头就知道是谁，悄没声地跟她走到外面走廊里去。她仍是一身男式西服、贝雷帽，俊得跟女驸马似的，虽说是戏装，一点不突兀。我说：真可惜了，我都没看到你演怒汉。

她眼睛很亮地笑笑。没事，有人录像，据说会做成光碟，参赛的都有。你写的剧本超棒，不过最后不该加唱那首歌。古希腊故事，曲终奏雅出来一首美国 R&B，有点不协调。你们第一次预演不是没那首歌吗？

是我导师非要加的。

她"跟那种人没法生气"似的撇嘴。老谢就这点好——我那组里也有人提议加首歌儿，谢玉轩说，宁肯不要名次，也不能弄得不伦不类。

说罢伸手摸我的头发。你梳的发髻真漂亮，哪儿学的？

卸妆忘拆头发了，我扶一扶用细钢夹子和蓝发带固定在头顶的沉甸甸发辫，刚想说 It's a long story（说来话长），转念仍把这个 long story 讲了。从来我都怕跟人长篇大论，不光是不相信语言的力量，也怕人烦我，怕人烦我还要赔笑听着，多累人！可我这回居然想滔滔不绝了：念本科时有一门必修课叫"涉外礼仪"，主旨是不让中国土妞们将来接待外宾，露了土气的马脚，丢了礼仪之邦的脸面。课上，男孩要学搭配西装衬衣领带皮鞋，学打温莎结半温莎结，女孩要学怎么夹紧大腿根优雅地一屁股坐进大使馆汽车，学怎么描眼线唇线、盘希腊风情的发髻。最后考试题目是给自己化妆，以及设计一个新发型，给自己的 partner 梳上，顶到老师面前去打分。我照着阿尔玛·塔德玛斯（英国拉斐尔前派画家）的画儿琢磨出的发髻得了 78 分，其实要不是搭档的头发太硬太糙不出效果，那个发髻——也就是现在我脑袋上这个——至少值 90 分，你说是吧？教那门课的女老师每周换不同花色的丝巾，夏天戴茜茜公主似的宽檐帽，秋天披带流苏的披肩，披肩在两边胳膊弯儿上挂下来。后来她丈夫跟她闹离婚，她披头散发地跟他在校园里嘶吼追打，优雅的赫本发髻散了一半。

她一直笑眯眯看着我，吃我递给她的金币巧克力，隔一会儿，把重心从一条腿换到另一条腿上。

名次出来了，《普绪珂与丘比特》第一名。《十二怒汉》第七名。谢玉轩带他的小组去吃夜宵了。我和劳伦斯他们一起回学校。坐在公交车上，反复地想：要是有人跟我说这一大篇儿啰嗦话，要是我对这人不感兴趣，早就懒得跟他笑眯眯了。

然后又猛地想到另一件事：她说"你们预演的时候不是没这首歌吗"。预演她看了？

十

刚离开外国语学院的头一年，我胡乱跟了个飞机上认识的男人，满心作践自己给谁看的意思。那男人圆头圆脑像个汤圆儿，连手指脚趾都圆，圆滑了就见矮，一米八的个子看着像一米七几。他 17 岁就干完了一辈子最了不起的事：在那年七月靠几张试卷赢了他那个省所有中学生，赢得挺彻底的，方圆几个山村都轰动了，他大他娘借钱"待客"，连摆三天流水席。守着未名湖上了四年学，也没洗濯出半根雅骨，他在校友们攒起的小公司当四把手，酒酣耳热的时候爱说"兄弟我在北大那会儿"，那枚校徽的荣光，要靠它照耀一生所有角落。

某年盛夏他乘飞机，闭目养神时，听见不远处有个姑娘低声跟一位美国老太太讲英语，然后喊来空姐说老人有点头晕发冷，需要枕头、毯子、风油精。他探身想看看那乖乖的学生腔搭配怎样面孔。等姑娘盯着云海怔忡过一阵、去厕所的时候，他在半路埋伏着，把手里一杯咖啡洒在她的黑裙子上，好跟她道歉、说话、保证负责干洗、讨姓名电话。

黑裙子是我跟阮荔荔一起买的，一人一条，我小号她中号。其实他探身看我时我就知道他想干什么，恰好我也需要这么个汤圆儿在作践自己的剧本里演男一号。

于是我乖傻地笑着，任他邀我到他公司当翻译员，跟他到酒桌上去，听他说"兄弟我在北大那会儿"，把这句也反复地翻译过去。一个秋夜从酒桌下来回家，他借着酒劲在出租车后座摸我大腿，那手先是蜻蜓点水式的轻轻挨碰着腿侧，逐渐大胆地揸开手掌，指尖加力，陷进肌肉里，忽松忽紧地揉动着。圆乎乎一只手全是汗，潮热穿透丝袜，顽强地传达到皮肤表面。他为了摸我出这么多汗，我一边恶心一边微微感动。

这些段落，我也在难以入眠的夜里当笑话给唐兰讲了。我说：他买安全套都不舍得买贵的，便宜的乳胶特别脆，好几回拔出来时发现漏光了，我得在第二天早晨上班之前赶到药店买毓婷。对他来说不赔本，安全套归他买，毓婷要花我自己的钱。

唐兰在黑暗里嗤地笑一声，les 嘛，跟男人当然合作不来，不是便宜乳胶的错，是男人召唤不出你自身的润滑剂。又说：这可以叫做"刀白凤"心理。

《天龙八部》中刀白凤苦恨丈夫段正淳对婚姻不忠，决心糟践自己，跟路边一个浑身脓血的臭叫化儿"相好"。他这比喻真不能再妙了。

我没有像平常那样强调"我不算 les 我只是爱上一个女人"。所有回忆都是有气息的。胖人气味不好，憎恨运动，唯一能让他愿意跑步的，是超市忽然开通的收款台。他爱吃蒜、韭菜，老家的娘常年给寄来泡得碧绿的腊八蒜，一口猪肉韭菜饺子蘸一过醋就一瓣腊八蒜，他喊一声痛快，一脑门汗。隔几天痛快一次，嘴里身上臭成了辣的。一周里有一晚，是他实现男友与老板双重权利的良宵。我铺被单，点燃熏香蜡烛，关灯，闭眼，摊开手脚，捱刑一样平躺。他一痛快就又一脑门汗，有时还喘吁吁地说，我在北大那会儿，曾经跟我前女友……我承接他纷落的汗珠，恍如站在雨中屋檐下。心里弥漫殉道一般的安宁死寂。折磨自己真解恨，那块一直疼痒的地儿就暂时不疼不痒了。

找一个最合心意的人，或者找一个最不可少的人。找一个疼你的人，或者找一个能不让你疼的人。

唐兰不笑了，良久，喟道：当初怎么就答应他了？……他重重喷出一鼻子郁气。

　　我仍不出声。男人们真龌龊，女人再赖也不会臭成那样。一个东西过来碰到头顶，是唐兰的胳膊。我抬起头颈，胳膊就熟门熟路地兜到脖子后面，把我揽进一个暖得夏天似的怀里。他的体温一直比我略高。

　　男人也有好的，也懂得注重体型、三围、口气、体嗅、谈吐、情趣……他像自己欠了我情似的，轻声替自己的种族跟我道歉，手指始终在我头顶的乱发里，轻柔地、缓缓耙梳。

　　我暗笑，gay 眼中女人不算女人，女人眼中 gay 也不大算男人，遭种族唾弃的异类倒反过来替老家人说好话——而我到底是不是异类？我也不知道。

　　他又说：卫铮，你现在这样，也还是在糟践自己吗？我算不算……

　　他是问我是否还处于"刀白凤"状态中。

　　你当然不是段延庆。我闭着眼说。你好得不能再好了，好得女人们都配不上享用。

　　我以前……也有过女人的。他低声说。

　　我唬一跳，身子都兴奋地一抬。你不是天

生的 gay？

他微微不悦，gay 都是天生的。

我急忙道歉，但更急的是：讲嘛讲嘛，讲你跟女人的故事。同时暗暗一惊，我干嘛这么兴奋，好像他曾经有过女人，以后就可能有我一份儿似的。

他犹豫一晌，招了。其实故事很平常：男孩儿从小一直觉得自己有病，他忍不住喜欢在浴室里看别的男体。后来，他终于成功"搭上"自己的家教小老师，当时他高三小老师大三，眉来眼去的师生恋让他觉得自己总算"男人"了。

我不顾脸皮地问：上床了没？

喂喂，你真要写成小说啊？

不过他还是细细地讲：上床时两人都是第一次，哆嗦成一团。最后倒是成没成事呢？男孩总算成了，他在肥白的肉体上瘫下来，逐渐起了更厌烦的心，也不知是因为黑幽幽藏着酸臭的腋毛，因为有褐色经血印痕的旧内裤，还是因为那女人没完没了、没平没仄的哭。后来，变成男人的唐兰跟女人在一起时，眉心处总有根筋很累地绷着。他鼓起勇气尝试跟男人在一起，还是累。直到在香港一个工作会议上遇到安士佳，那根紧了几年的筋才忽然松了下来。

我也在他清香的怀里把汤圆儿的故事讲完。我跟汤圆儿说分手，结束这个演坏了的剧本。他竟哭出来，落着滚圆的泪珠，反反复复说：我都想好了，等发了年终奖，咱俩到威尼斯去……下面便是牡丹亭上三生路、但是相思莫相负式的诉说。我没能用允诺赔偿他的允诺，真是偌大罪过。不得消受的，也无法璧还。

当刀白凤不是不要代价的，汤圆儿最终成了我心里一道熨不平的皱褶。

十一

某天晚上，阮荔荔在我宿舍里。阳台石台子上摆了几个玻璃酸奶瓶，洗通透了，注满清水，依次插着从学校山坡上摘来的红杜鹃紫雏菊，超市里买的黄康乃馨，阿敏男友送的白玫瑰。男友是音韵学博士，研究死去几百年的平上去人，跟阿敏恩爱得很，每晚进我们宿舍跟进了自己家一样，换上拖鞋，把"热得快"插进暖瓶里烧开水，用电饭锅煮红枣枸杞粥，两人一人捧一个蓝花小碗，看湖南台用方言配音的《还珠格格》。我有时去图书馆躲清静。期末时本科生都拿出在图书馆里扎帐篷的劲头突击备考，我占不上位置，越来越多地搬把椅子到阳台看书。

　　那晚对面宿舍楼有个男生示爱。天井里四个花坛之间，红蜡烛摆成一个心形大圈，圈子里玫瑰花撒成了红地毯，戴鸭舌帽的男生盘膝坐在中间，怀抱吉他一首一首唱歌，眼睛盯着对面楼的窗户。远近几幢楼都轰动了，阳台上全是伸着的脑袋探出的身子，还有人起哄点歌：哥们儿，唱个周杰伦的《可爱女人》呗！结果那男生真的回头挥手打个响指，然后拨弦唱起来：漂亮得让我面红的可爱女人温柔得让我心疼的可爱女人透明得让我感动的可爱女人……掌声口哨一片，大伙来劲了，四面八方不知多少嗓门点歌，把楼群闹成了个晚会现场。唱陶喆的《爱很简单》！唱《我的太阳》！

阿敏拽着音韵学博士下楼瞧热闹，一边走一边喜洋洋地埋怨你看人家多浪漫你给我学着点儿。门口好多笑声拖鞋声，都往楼梯涌去。我和阮荔荔在阳台上吃橘子，她手肘支着石台，长长一段腰肢妖媚地塌下去，臀部浑圆得像满月。

嗳，Lily，这人真不是冲你来的？

她腮帮上凸出一瓣橘子的形状，舌头慢慢动着，把核儿漱出来，吐在一块橘皮里，摇头。听，听，他唱"You My You"了，不过没你唱得好。

——"You My You"就是我在话剧比赛上唱的那首英文歌。

我们听了一阵，晚风把琴声歌声吹到楼上来，有点失真。她感叹说：这歌拿来表白真是再合适不过了。

我忍不住很深地看了她一眼。她在暖黄的路灯光里莞尔，说不出的温存悦目，像是夜间开放的花朵，又像月色里一块清润玉石。过了一阵，她隔着杜鹃和玫瑰问我：我现在租的那间屋马上到期了，得另找地方。你要不要搬过来，帮我承担点房租？

这是邀我跟她同住了，我竟真的攻下了头一关。我幸福得身子一轻。口气仍努力轻描淡写，你看好房子了？

她还没回答，忽听四面宿舍楼爆发出一阵欢呼。弹吉他男生放下琴站起来。一个还抱着书的女孩子从走廊走过来，步子有点无秩序，满脸不知所措的、慌乱的笑，她的女伴在她身后停住，跟着鼓掌，却没笑，表情很复杂。女孩踏进心形的蜡烛圈，两人拥抱。掌声，哗——

两室一厅的单元，三个人摊房租正好。我和 Lily 住主卧，周松住次卧。房间是周松找到的，高校城边缘那座小村里的老房子，在顶楼第六层。全部旧家具都在，嗡嗡响的老冰箱，浑身油污的灶具，带棕绷的单人床，书桌的抽屉一半拉不开，一半掉了底子。客厅里一张塌了绒的红绒沙发，房顶特别高，上面一个豆绿色电风扇，拧开开关试试，它艰难地晃悠起来，晃出一天土。我们捂着头躲土，边呛边笑边抢着去关。

见到周松的头一天，我就知道他也无果地迷恋着阮荔荔，跟其余男人不一样的是他居然打算掩饰。Lily 跟男人的关系，是动画片中乳酪与老鼠的关系。我拽着自己的行李包上楼，刚咬牙上到三楼，就听见上面咚咚的脚步，暗影里下来一个白乎乎的人儿，一声不出地把我的手推开，拽起行李一步两级往上走。我紧跟着，他不回头地说：卫铮吧？我是周松。

我跟了半层楼才想起，Lily 说过她师兄丹纽中文名叫周松。他穿暗橄榄色 T 恤，黑短裤，苍白两只瘦脚踩在夹脚拖鞋里，脚指头冲出挺远。进了屋给我放下行李，他忽然替我愁似的回头说：你都没问我是谁，不怕我是坏人？我迎着他软和的柳叶形眼睛，抱歉地一笑。

下午，光头路易来了。我正卷起裤腿在厨房拖地，他进大屋之后，屋里半天没声音。我一点点直起腰，如果我是兔子，耳朵肯定站起来了。听见阮荔荔说，你瞧这面墙，横七竖八的透明胶印子、蚊子血，行为艺术似的。

第二天路易就扛来一卷巨大的水彩画，矢车菊蓝的底子上，一簇巨大百合花，每朵都凳子面儿那么大，墨绿叶片，翻卷的雪白花瓣如同裙裾。百合，也就是 Lily。

这么大的画，得铺在地上用墩布画吧？我说。路易的功夫还不错呢。

她摇头。匠气得很，充其量是个补壁，他总不舍得不讨好观众，那就不成，好的艺术品一定要不屑于讨好，敢于冷漠和自说自话。

路易就在客厅，跟周松一起当当钉抽屉，我连忙竖根手指在嘴唇上，怕他听见伤心，熬夜画画熬出两眼血丝人家只当是补壁。她耸肩，继续登到椅子上，往墙里按图钉钉画儿。百合花再匠气，也比满墙蚊子尸、胶带印子强。我暗忖，没错，这就是她的原则，她就不屑于讨好任何人，人引以为奇之后，就该来讨好她了。然而她更看不上讨好她的人。

　　周松是吉安人，博士一年级，跟他导师合著了一本理论书籍。我认为比起路易等人，阮荔荔更偏喜他一点，不仅因为他悒郁得更艺术更苍白，有一口全院公认最漂亮的"女王英语"，还因为他更复杂难言。他马驹样刀条儿脸，含胸，扛着后背，眼神虚伪地谦卑着，嘴角永久带着隐忍不发的嘲讽笑意。Lily 对他存有一定敬意。

　　他是那时我遇到过的气味最干净的男人。

　　同居的头一个晚上，我难以入睡。她的单人床在窗下，我的床靠门。屋里充满她热带水果似的香气，稠得流不动。甜蜜的黝黯把我合拢在中央，风从窗户缝隙中丝丝渗进来，带来田地里疲惫的庄稼味道，破旧床垫像无边大河中的小小木筏，稳稳地飘然远去，开往全新的流域。

　　两点钟，我赤脚溜下床，从暖壶里倒出杯水，没声音地吞几口，忍不住朝她床上看。夜酽极了，睡眠中的人是软弱无力的，接近婴儿状态。室内光线刚能辨清眉眼。她仰卧着，脸歪向一边，一只手松松攥拳放在太阳穴旁边，睫毛颀长地在眼睑下延伸，嘴唇微微张开条缝隙，像在等一个亲吻，又像刚被亲吻过。

隔壁屋门轻响一声，是周松。厅里卫生间门"吱"地开了，又合上。半晌，里面抽水马桶"哗啦"，门再开了。然而卧室门久久没响。我立住不动，地板好凉。他仍在客厅里？我甚至感到那对柳叶眼里投出的目光穿透门板，逮住了我。回头，发现阮荔荔竟睁着眼。她也不动，向我一笑，像一幅画儿忽然活转来。

隔壁的门终于轻轻一碰，合上了。

她冲我招手，嘴唇无声地说：来，过来。

我不知愣着多久，才懂了这句话。

僵硬着四肢，爬上床沿，我躺下来，专心致志地瞧着她的侧影：被单盖在髋骨处，肩膀线条到腰肢部分险峻地跌落，孩子气的黑发、脖颈的曲线……那不仅是细胞和物质，不仅是几何图形，而是我的梦想，是我能知道最好的生命意义。

　　我清晰地知道，我将永远对她满怀无法治愈的渴望和思念，超逾世间一切。

　　她伸手过来，潮热的手指尖抚过我的眉脊、颧骨、下颌，似乎是黢黯里瞧不清，要借助指头上的眼睛看真切。我抬起手，搭在她微微凹陷的腰间。

　　她的皮肤燃烧了我的手。

　　后半夜，一场小雨落了下来。我始终没睡着，因此清楚地听到第一批雨点滴在树叶上的声音，有如一首歌的前奏。后来她也醒了，手脚轻轻动了动。

　　卫斯理？

　　嗯。

　　下雨了。

　　是。下了一阵了。

　　你怎么不睡？……你是不是一直没睡？

　　我在黑暗里说，今晚是我的节日，我舍不得睡。你不用管我，让我一个人快活一会儿。

　　远远近近的雨声，连成模糊而温柔的一片，

我扬起手臂，她就挪进我肩窝里，并调整身体、靠得更紧一点，手滑到我小腹上，抓住我内裤的橡皮筋，手掌攥成一团，像一只小动物回到巢穴里匍匐下来。

然后两个人都一动不动，慢慢数着，一秒又一秒。一切都安定，平静，清凉，美好，雨水在屋顶上流动。这是个睁着眼做的梦，她能让时间不朽。在我和幻境之间，再也不隔着什么。雨大起来了。忽然一道闪电划过，一瞬间我看清了她的脸，看清那闭着眼睛的脸上洋溢着咄咄逼人的幸福感。

就像在我那个故事里，普绪珂借着闪电，看清了丘比特的面容。

雨水唤醒了泥土里所有气味，埋葬了的蝉蜕的腥气，凋谢而尚未来得及腐烂的夏叶的死气，被雨打得七零八落的花瓣的凄惨幽香……我们没有再说话，只是沉默躺着，像枕戈待旦的同袍等待沙场。两手相握，手指无意识地抽缩。当特别剧烈的一段雨响亮地喧哗起来，我便捏一捏她的手掌表示惊叹。

直到她的呼吸逐渐变响，身子软下来，我知道她睡着了。我从床头桌上摸到手机，随便按了一个键，手机屏幕倏地亮起一团微光，映在她脸上，睫毛是一对随时要飞起来的翅膀，鼻梁像精巧的建筑物，翘起的上唇像一段勾留雨水的、短短的屋檐。

十二

后来，我第二次过上古古怪怪的一家三口的日子，一样应付得不错。除了努力训练文字，我做了全职主妇，洒扫、洗衣、到银行交水电费清洁费。安士佳的工作室在城西，唐兰的设计院在城南，两个人各自从下班高峰的果酱（traffic jam）里挣出来要一个多小时。我算时间算得很准。七点整，安士佳先进门，会发现电饭锅里的米饭跳在保温档，有几个费时间的肉菜已经做好扣在餐桌上，南乳肉、党参炖鸡汤、土豆烧牛肉；还有几个素菜是留给他处理的，笋、苦菊、空心菜，都洗切停当码在案板上，锅里玉米油都倒好了，围裙也摆在料理台上，只等"哒"地一声旋开火眼。一刻钟之后，唐兰进门，刚好进厨房观赏爱人下厨的英姿，考拉一样趴在安士佳的后背上，掀开汗湿的披肩发，吻一根会笑着躲闪的后颈。

我呢？我早就对付好了自己的胃，带着书到门口的咖啡馆去，爱巢留给一对儿苦命鸳鸯，让他们不受打扰地吃一顿盼了整天的双人餐。九点半，我溜达回来，此时他俩精神和肉体都饱餐过了，正带着餍足的神情在客厅看影碟。交缠过紧、几乎熔成一个的肉体里转出两个头来，给我两副领情的快活笑容。我在门口换鞋也不低头，仰着脸等那笑，等到了，就钻回自己的小屋去。早晨他们起来，照旧只看得见桌上的豆浆油条，我照旧不见了。

如果唐母的电话在晚上七点与九点半之间打来，我就故意不接，回到家再打回去，让唐兰和我一人一句地在电话里道歉。

我这种知趣，让安士佳渐渐不好意思起来。有时他会邀请我，卫铮，坐下来看看嘛，最近口碑超好的科幻片。或者：小卫，你晚上别出门了，咱们三人一起吃晚饭多好！光我们俩吃饭也怪孤单的。

这话唐兰是不说的，他说了，安士佳就要皱眉了。不过我从来不拿这些邀请当真，因为吃不准有多少真心多少假意，多少真怜恤，多少假客气。我不是忍辱偷生，也不是拿乖觉当做武器。这屋里的假够多了。情人在一起怎么会孤单？以为我没谈过真恋爱吗！恋爱中的人恨不得全世界乌糟糟的人都消失，只剩一个老农给他们种镶银边儿的玫瑰花。唐兰的挽留倒是真挚的，因为度过那些私语的不眠之夜，他跟我有了点需要藏着掖着的亲近。安士佳说话的时候，他多半会冲我悄悄一笑，眉眼里闪出私密的意思，拿它们来留我。但我也不喜欢他把那亲近瞒着安士佳使用。

我长时间坚持在屋里"消失"一样地过。作为回报，他们从来没在房里折腾出什么让人心乱的、不雅的声音。

夜里我写多了稿子，常会失眠，往往三四点出来，到客厅戴上耳机看西甲（西班牙足球甲级联赛）。唐兰有时也要加班画设计图。我看着看着，觉得身后有人，回头就见唐兰木呆呆站在那儿，他瞪电脑屏幕瞪得太久，脸是钝的，眼珠不大会转了，木木地问：巴萨进俩球了？梅西进的？

后来他知道我也爱看球，这一点偏男性的、不大乖的爱好是阮荔荔留给我的。这些年，他为了安士佳不再熬夜看球——安士佳不理解看录播和看直播有什么区别（你们熬夜早看几个小时，就能让输球的不输、赢球的不赢吗？）。球瘾生生摁下多年，现在被我一勾，瘾头又逐渐上来。轮到有皇马巴萨这种级别的大赛或者欧洲冠军杯，九点半我回家来，两张脸回头冲我笑出个招呼的时候，他的笑里就夹带了"半夜见"的意思。

有我这个挡箭牌，万一安士佳出来上卫生间，唐兰会说：是卫铮在看，我赶上了，就蹭着看两眼。

安士佳支持我夜里看球，他会摊开巴掌热情地往前送：小卫爱看球？好呀，放心看吧，我睡觉死，吵不到我。"消失"了一天的人，他乐于给她这点自由，让自己少欠她点情。

唐兰悄没声地从卧室钻出来，沙发上给他预留了一半位置一只靠枕，我摘下一枚耳塞，手停在空中。他就疾步过来，应这个无声的邀请。我低声给他大致讲讲双方局势，起身去倒茶，毛袜子踩在被我自己的手擦得光亮亮的木地板上。茶几上陈列切好的腊肠、卤猪肝、水果，男人这会儿胃口会有点空。我在沙发后面停住，唐兰那一脑袋好头发露在靠背上头，蹭得浮起来。茶几上放着我吃一半的苹果，他抄起来看也不看就顺着缺口往下啃，瘦白一对脚架到茶几沿上，逍遥得晃上几晃。

我慢慢走过来，电视里球员们正勇猛冲锋，唐兰看得眼也不舍得错，巴掌张在那里等茶杯，另一只手攥在鼻子嘴跟前，攥得直晃，替球员使劲。温度正好的瓷杯迎进他手窝里，他喝几口，牙齿跟杯沿碰出轻微的丁丁脆响。

端茶的贤妻怔怔的，真实的归属感暖融融地升上来。唐兰享受这种深夜的乐趣跟我不同，爱人在身边时而能偷得一点空暇，没有比这更美妙的。我心里说，大事不好了，不能动心。假夫妻做得越来越真，我可要亏本了。到最后大反派总要被扫地出门，人家有情人终成眷属，我还剩什么？心口上又多一条皱褶去慢慢熨吗？

这时男人在他身边急促地拍拍，怪我还不回去陪他看球。我不愿多想，赶紧把自己掷回沙发里，两腿一盘，伸手捏起一块腊肠，一个幸福的妻子就出来了。李闯王怎么说的？吃他娘，喝他娘，天塌下来管他娘。

一切像和谐演奏出的一首歌，让人沿着纹路顺流而下，逐渐滑入被催眠似的安适。前面的险滩跌宕，都顾不得了。

有人认为，由于爱，世界才变得混沌。关系古怪的一家三口，早晚一天会擦枪走火，我早该接受教训的。

十三

日子长长的，又短短的。雨无声地落，景物都像隔着灰灰的毛玻璃，晚灯亮开来，像暖昧流波的眼，像各种颜色的糖泡在水浆里，要化不化的样子。此城多雨，无比巨大又安静的怪兽一再来访，亿万透明触角伸伸缩缩，消逝又重生。屋外树叶开始转为黯金，落下来，被来往的鞋底狠狠踩进湿泥，镶在那里直到腐烂。当雨丝逐渐冷下来，冬天就快到了。

我如愿以偿成为阮荔荔的"追随者"，当然她并不这么认为。白天我们上谢玉轩和吴妙珊的课，坐车到市里书店买书，一起吃饭，晚上去自习教室、图书馆，或在附近山丘和树林中闲荡。整座教学楼，有一个三楼的小教室最可爱，窗外是碧森森的槐树，一伸手就能把手染绿了似的。下午我和她到了教室里，在黑板上写"15 点在此处开会，谢谢"，自习的人走进来抬头一看就出去了，那些不抬头的，由我负责过去说"同学，请看"。到三点时，把字改为四点，以此类推，我们可以一下午独占整个教室。

表面上，我和阮荔荔都不排斥平庸丑陋的人，但从本能中希望接近"美的族群"，星辰，各种姿态的花朵，闪光的器具，诗歌和文章，俊俏的面孔，睿智的谈吐，整洁美观的衣着，干脆优美的动作。相应地，面目可憎、言语无味的人满该知趣：尽量使自己悦目，不是最基本的品德吗？缺乏魅力不是天生的，是后天怠懒的结果。因此，我的老师兄、塞巴斯蒂安·王根宝、桃乐丝等人离我越来越远了。他们在群里说：又好一阵没见着卫斯理了。后来他们什么都不再说。到最后，我只剩了 Lily 和周松。把所有鸡蛋放进同一个篮子，就是那样。

阮荔荔的爱好多得惊人，在绘画、书法、绣花这些中庸、普遍的室内运动之外，溜冰、滑雪(她说有一天要到最好的雪场，阿尔卑斯山、北海道去滑雪）、游泳，踢或打的球她都很玩得上手。还有些爱好比较古怪，比如到教堂望弥撒。然而她并不信天主。她只说：待在一群诚笃的教徒中间，那种安全感无与伦比。

她有一个带锁的日记本，跟另一本阿尔丰斯穆夏一起买的，微黄厚纸上印着小王子图案，她每早起来头一件事是趴在被子里，草草把尚未完全消逝的梦境记录下来。

她说：生命一半是醒着，一半是睡着，梦几乎是一半的人生，当然得要记下来。还说不定哪边是梦，哪边是真实的呢。

恐龙。我和她都喜欢恐龙，现代版的叶公好"龙"。侏罗纪、白垩纪的上古巨兽，不晓得哪里就那么迷人。我们在历史博物馆做兼职招待外国考察团，午休时常溜到两条街之外的自然博物馆去，那里有一具两层楼高的恐龙骨架。吞噬过无数生命的血盆大口空张着，销尽血肉，无比凄丽。骨架太高太大，不得不让头颅探到窗口，失去眼珠的眼眶像能看穿亿万年时空。我们在钟爱的恐龙骨架前的坐椅上坐下来，边看边吃面包夹肉，用骷髅的美感下饭。

Lily 对人类骷髅也很着迷。《旧地重游》中，查尔斯有个古怪的摆设：从医学院买来的死人头盖骨，放在一盆玫瑰花中，头盖骨前额上刻有拉丁文题词，"我也曾有过田园牧歌的生活"。为她这个喜好，路易差点到城里医学院去砸窗户当小偷了。

相应地，我们都不爱猫狗。看到女孩娇娇地跟猫狗嬉耍，嘴里念叨 baby talk 式的傻话，我说：如果真的爱它，应当尊重它，因为它跟人类一样是平等的物种。她道：对，如猫狗有知，会觉得宠物这称号是耻辱。她只爱老虎、狮子、豹、猩猩这些硕大、威严、难以征服的动物。我起初的猜测是对的——她的爱必须源于尊重、敬畏。有一次她说：山鬼是最美的文学形象，她的坐骑是赤豹。

山鬼。若有人兮山之阿，被薜荔兮带女萝。既含睇兮又宜笑，子慕予兮善窈窕。乘赤豹兮从文狸，辛夷车兮结桂旗。她说，中国的林中神女叫山鬼，洋山鬼其实就是"宁芙"。黑口罩上的豹眼，是她自己绣上去的。

我们平时喜欢玩的游戏不多，不过一旦找到一个就能玩很久。比如：用比喻去靠近一个事物。比喻是一种魔术，像从帽子里变兔子和让硬币消失一样。《旧地重游》中，两个少年塞巴斯蒂安和查尔斯待在"彩绘客厅"里，一杯一杯地喝香槟酒，然后用一个比喻把这酒的味道固定下来。亚历山大鸡尾酒、雪利、勃艮地的葡萄酒，用来下酒的是巴斯·奥利弗饼干。先把酒杯放在蜡烛火焰上温一下，再斟上三分之一的酒，接着把酒旋转起来，小心地捧在手里，举到灯亮前照一照，嗅一嗅，呷一小口，再喝一大口，然后就开始品评。

"酒稍微有一点羞涩，像一头大眼睛的羚羊。"

"像一个矮妖精。"

"有花纹的妖精出现在织锦般的草地上。"

"寂静水边的一支长笛。"

"洞穴里的先知。"

"戴在雪白脖颈上的一串珍珠项链。"

"像一只天鹅。"

"像最后一匹独角兽。"

我爱死了这一段。比喻是接近陌生事物的一种方法：用手边熟悉的东西做成抓钩，把浮在遥远水面的睡莲钩近。形容词有时候使不上劲。比喻像一个标签，我们把标签贴在它上面，就觉得拥有它、驯服它了。比如：飞机行进在云朵上，像一架雪原上的雪橇，云朵则像被魔法凝固在空中的浪头；煮熟的薄薄萝卜片，放在碟子上能透出瓷碟的桔梗花图样——它像磨砂玻璃；院里来的白皙皮肤的欧洲留学生，一身一脸浅麻子雀斑——像牛奶上浮着麦片，又像洒下来的草籽儿；第二年，他晒黑了，就成了巧克力牛奶麦片。

有些东西没法比喻，它们只能做别的东西的喻体，石头只能像另一块石头。人们说美人如花，笑靥如花，说蝴蝶像飞行的鲜花，但是花朵不能再像什么东西。它们就像质数，无法分解出跟别的东西相似的元素。

《比利提斯之歌》：两个女孩一道睡时不会有睡意。"告诉我，你爱谁？"她的脚轻轻滑到我的脚上。女人的爱情是凡人能体验到的最美的东西。瞧瞧男人们是多么丑陋。比比我们丰盈的发丝和他们的脑袋，在他们的胸脯找找我们皎洁的双乳。从他们的窄腰，看清我们的丰臀，那是窝藏情人的大床。人类的嘴唇，难道它们想要的是制造性欲吗？我们如何能喜欢对我们粗野的男人！他像小女孩般抓我们，在快乐之前抛弃我们。你，你是女人，你懂得我的感受，你就为自己而做吧。

日子颀长，温存，一切柔和而缓慢，若有所思。屋里总是不断播放各种歌曲、故事、有声书。我觉得自己好像一个很老的女人，Lily是一个很老的男人。我们结婚了。住在一所很老的房子里。没有孩子，也并不惊慌。邻居周松参与了一部分的生活。晚上，我们有时邀请他用女王口音朗诵古英语。In delay there lies no plenty.Then come kiss me，sweet and twenty，Youth's a stuff that will not endure（迁延蹉跎，来日无多。二十丽姝，且来吻我。衰草枯杨，青春易过）……读完莎翁的句子，他笑着挤眼睛，一词一词重复：come、kiss、me。阮荔荔抓起桌上一块香蕉皮，在嘴唇上按一下，准准丢到周松脸上，我在旁鼓掌：三分！

天气好的周末下午，周松会在阳台用咖啡机给我们磨咖啡。手摇咖啡磨有点锈了，每一转都要发出咯吱咯吱的巨大噪音，咖啡豆碾碎后发出醇厚、清苦的香气，经久不散；他又时常用墩布把客厅、厨房和卫生间拖得干干净净，散发肥皂水的清香。作为答谢，我帮他洗衬衣，晾干了再摊在书桌上，用二手蒸汽熨斗一件一件熨平。周松常说：我穿着全校最平整的衬衣，吴妙珊都不给她的安东尼熨衬衣的。他们两个很喜欢看我熨衣服。说：反复掀衣襟、摆好衣领、操纵熨斗航行是最美的一套女性动作，卫斯理一熨衣服，屋里气氛就美满了。

周松说：三个人的生活才会有最棒的故事，比如朱尔、吉姆和凯瑟琳，比如塞巴斯蒂安、查尔斯和茱莉亚（《旧地重游》），比如《戏梦巴黎》，比如白蛇青蛇和许仙……

他说这话的时候，我正埋头熨衣服，屋里静默了几秒，我没来得及看他俩的表情。阮荔荔笑了一声，说：晚上咱们去看电影吧，今晚是"法国电影周"第一天，正好放《戏梦巴黎》。

那时的 Lily 在二十岁与三十岁的中途，处于美的顶峰。后来我见过更性感、更美的女人，没人像她一样对此满不在乎。她爱穿最宽大的衣服，穿成面呼啦啦的旗，绝不费劲让衣服束出细腰。她要的是舒坦，男人们想猜布料下的曲线，让他们去猜。最松爽的衣服是男人的衣服，每个路过她、迷恋过她的男人都蜕下一层皮给她，她披着男人的蜕，像披着缴来的战旗。

我和她去买过一回"红衣服"。她遇到喜

欢的式样，就拿下来给我看，我把颜色讲给她：
这是猪肝紫，居委会主任的颜色，你没资格穿；
这是金黄豹纹，贵妇人穿的，你还没那么贵……
最后只给她的黑大衣黑皮鞋配了一条红围巾。
她看着我忙活，我突然觉得不好意思，你是不
是也不在乎穿不穿鲜艳衣服？

　　这话绕死了。可她立即低头看着红围巾，
说：不，我也在乎。然后她抬起头笑，用笑告
诉我，她在乎的不是衣服的颜色，是我。

　　某一天我跟她在图书馆抄写资料，我说：
我忘带门钥匙了。你的借我用用，我回去拿点
东西。如我所料，她并不怀疑，抬手把一整串
钥匙丢给我。

　　她的钥匙圈装饰也很古怪。她当然不会拴
一只玩具、一把指甲刀。铁圈上套着几个古钱
币：秦"五铢"、开元通宝、乾元通宝、元祐通宝、
光绪通宝。

　　我回到屋里，用钥匙圈上最小的那把钥匙，
打开了日记本的锁。仍如我所期待，隔几页就

会出现这个人名：W。最荒诞的梦是用英文记录的，好像用另外的语言隔上一隔，我的手没有一丝颤抖，很镇定地一页一页读完，然后照样把本子锁好，按照原来的方向和位置，压回她枕头下。

——我梦见，我与 W 在一个巨大的房檐下躲雨。我吻了她，吻了很久。她的鼻子在我面颊上咻咻有声，像小犬辨认气味。我记得她的舌尖滑润，有话梅的甜香味。雨没有停。雨始终没有停。

像是把一个长条气球三两下扭成动物，很多混沌马上就头脸分明了。如果真有那样的实境，我大概真会一边亲吻一边抽动鼻子，吸收她的香味。到底哪边是真，哪边是梦？我感到沿着脊柱欢快乱蹿的恐惧，知道肺腑间有一些阴森可怕的东西逐渐成形，如含有毒素的畸形胎儿一天天吞噬母体的精力。那可怕的念头是自己生发出来的，如今我一面不由自主地滋养那怪物的成长，一面徒劳地想要将之扼死。

但这恐惧同时又多香甜。

《简·爱》末尾，爱德华·罗切斯特说：凡我能听到的世间美妙的音乐，都集中在她的舌头上，凡我能感受到的阳光，都全聚在她身上。有太阳的午后，她无声无息地迫近身边，黑眼里闪动奇特的光芒，像燃烧的砾石。我把额头垂下来，放在她手里。闭住眼睛，眼皮上一片鲜红。

夜里，有时我会溜到她床上，从她背后贴合上去，膝盖嵌进她的腿弯里，手臂越过她腰肢，伸到前面搂住，并小幅度地调整身体各部分，让两具胴体更加严丝合缝。她抬手压在我手背上，我自然而然张开五指，让她的手指钻进来，娴熟地十指紧扣。

没有比这更美的胴体，没有比这更美的拥抱。那让人感到莫大的喜悦轻松和无忧无虑，彼此都觉得对方清新、鲜嫩、暖热，好得没法说。沉默像一种甘美的液体，一点一滴注射进静脉里，在周身汩汩流动。

　　我和她像螺母和螺钉一样，慢慢地紧到一起，紧得丝丝入扣。她的肢体又光滑又柔韧，我的嘴唇碰着她热烘烘的后颈。情感的本质是一种热量。

　　我和她为彼此的身体找了很多比喻，例如：你走路时，脚背上现出几根脚骨，小扇面似的，一闪就又不见了。并起的脚趾像一柄玉梳；瞳仁黑得像深夜，眼白蓝如晴的早晨；乳房像马上要凝结成酪的牛奶；乳头呢，嗯，像小颗的鲜莲子，像芝士蛋糕顶端的浆果，樱桃。

　　法国人夏多布里昂说，每一个人，身上都拖带着一个世界，由他所见过、爱过的一切所组成的世界，即使他看起来是在另外一个不同的世界里旅行、生活，他仍然不停地回到他身上所拖带的那个世界去。

　　即使是在当时，我也清楚地知道我将要不停地回溯到这个时候，以此作为欢欣的量度标准。当时。只是当时已惘然。

每天傍晚，雨尚未落下前，暮色将临而未降临之间，有一段奇妙的时光，天空浓艳得随时会滴落蜜汁，世界像凝滞了似的。她如果好好地待在室内，就会拿出毛笔来，摆好字帖，写几页字。她最常临的帖是《曹全碑》和《灵飞经》。让我惊讶的是她始终没有砚台，只把瓶装墨汁倒在一只瓷茶匙里用，洗净墨汁，茶匙再继续吃饭用。就跟她穿黑白灰不碍美貌一样，拿勺当砚台也不误她的字漂亮。她不是重外壳、假风雅的人。

周松的字居然也不错，他有时端着咖啡来凑热闹，接过 Lily 的毛笔写几笔，写：好事若无间阻，幽欢却是寻常。朱匀檀口都无语，酒入圆腮各是香。

也有不方便的地方，某回我洗澡之后把剃刀忘在卫生间里。不一会儿，周松拈着它走进来，嘴巴都被嘲笑扯歪了：谁的？这是谁的？

我夺下来，羞得说不出话。

他还装作不知情，咦，你怎么用这种东西？

女人又不长胡子，剃什么啊？

阮荔荔说，她对童年和故乡没有任何怀恋，阴冷潮湿的平房，嘴巴丑陋地凹陷的祖母，总是哭诉儿女在她饭菜中下毒的太祖母，见识短浅的叔婶，以及印着粗糙蓝花的笨重碗碟，几十年固定不变的市井食物，炸花生米和卤鸡爪。生活贫乏如一潭死水，他们整天兴趣勃勃谈论渍酸菜、卤猪肝、泡腊八蒜，连买回窗花、鞭炮、灯笼都要津津有味地研究一番。一切都陈旧、庸俗，平静得绝望。她有个弟弟平安。家人都爱平安。父亲给平安的生日礼物是变形金刚、CD 机、BP 机，给她的是日记本、日记本、日记本。姑姑们约好了一样从来不对她认真笑，目光在她脸上客客气气地蜻蜓点水；饭桌上一只鸡两条腿，第一条给平安，第二条在盘子里停一会儿还是落进平安碗里。

然而那还不是她憎恶童年的原因。她八岁时，几个青春期的堂哥把她按倒，剥掉衣服，玩弄尚未长成的乳房和下体，拿她做生理教材。

她哭喊着要去报告爹妈，其中一个哥哥说：没人会搭理你，没人会重视你，你根本不是我们家人，你半岁时亲爸进了监狱，你妈带着你改嫁过来——我偷听大姑和二姑说的。你亲爸出来之后还想见你呢，大姑死活不让。

从那时起，她变成个很不爱说话的小姑娘，一对黑眼睛越来越沉，越来越深。

后来唐兰说：这就是日后她对男女关系处理失当的根源。我摇头：并不失当，她还是一直试图把握分寸的。她是那种人：一旦口香糖里的糖分嚼完就吐掉。这就是她的分寸。

有回我跟她去操场打篮球，见到了"24号"，他是控球后卫，眼睛躲在骏马似的长睫毛后面，从一米九零的高度往下微笑看我，看阮荔荔。多乖巧一个男孩！我终于忍不住悄悄问她，你到底答应了他们中的哪个？或者，哪几个？

她笑。卫斯理，你知道吗？最妙的事情是，我一个也没答应。

那他们怎么甘心！

我跟他们签了协议呀。她说得像要笑似的。

协议竟然是真的。回到屋里，她拿一个文件夹给我看，夹子里全是打印成一式的"甲方乙方"——甲方：阮荔荔。乙方：路易。甲方乙方从即日起达成协议如下：乙方有权利邀请甲方看电影、吃饭、散步、外出，甲方有权利拒绝。乙方不可称呼甲方为女友，甲方也不可称呼乙方为男友。在协议生效期间，甲方乙方均有权利另寻佳偶……

她不愿把男人当宠物似的圈养，她要他们自由着、野性地爱她。她也不想属于任何一个人，自在的、永不从属的精神令她更美。

有些受不了的人就离开了。我们搬进新居两个月之后，路易不再出现。有一晚他在那幅巨大的百合花下对她痛哭，哭得裂开一样。她安静地把十指叉在一起，晃动成一对鸟儿的翅膀。他裂开的地方露出苍白底色，能看到那颗心脏，鲜嫩光滑，受到长辈和同辈的爱，没有皱纹，对猫狗慈爱。周松沉默地站在后面，抓住他胳膊往外拽。我再见到路易时，他又留起了头发，跟一个穿红裙的矮个儿姑娘牵着手走。

青春的柔情啊——它是何等的非凡，何等的完美！而我们又何其迅速，不可挽回地失去了它！而热情、慷慨、幻想、绝望，所有这些青春的传统品性——除了青春的柔情以外的所有品性——都是与我们生命同生同灭的。这些感情就是生命的一个组成部分。可是青春的柔情呢——那种精力充沛的懒散，那种孤芳自赏的情怀——这些只属于青春，并且与青春一起消逝。也许，在悬狱的殿堂里，为了补偿英雄们失去的至福幻象，他们正享受着青春柔情；或许至福幻象本身就同这种平凡的体验有着某种淡薄的血缘关系。

这段话是《旧地重游》里的。我和阮荔荔把这本书反复听过、读过很多遍，它陪我们度过了相当好的冬天，更好的春天，然后是不能再好的夏天。

十四

"咚"的一声，我猛醒过来。额角生疼，眼前是糙白的木头柜子。床怎么空了？唐兰呢？隔一扇屏风，肝癌老太太的呼吸器呼噜呼噜响，看护妇下巴一下一下点胸口。唐兰呢？我站起来，迈着睡麻了的腿冲进医院走廊里。

还好，就在我把脑袋摇来摇去，惊恐地把嘴巴张成一个肉喇叭，就要大喊起来的时候，唐兰远远出现在视野里，步子软软地拖着，手背上输液针头还在，液体瓶没了。我三步两步冲上去，努力把嘴巴缩小，压下声音问：你去哪儿了……去厕所怎么不叫我？

这是个惨白多了的唐兰，一脸犯错的样子。看你正睡得好，不想叫你。又坦白第二个错误，我在厕所里把一大瓶氨基酸摔碎了。

一瓶氨基酸八九百块钱。我松口气，只要不是人摔了就好，下次一定要叫我，不然我就不睡了。

其实急性胃溃疡不算太大的病。是唐兰扶着卧室的墙满头大汗、蜷成一团的模样把我唬软了。就像多年前在献血大巴上，我被昏厥的阿敏吓哭一样。但这回我身边谁也没有，安士佳出差走了大半个月。我真想抱他，可又不敢动他，他疼成那样，碰一下能碰碎了似的。直到医生诊断结束，我还在颤抖呜咽，手捂着口鼻，边哆嗦边说，大夫，要输血吧，我是 O 型，就抽我的，赶紧。横着的唐兰苦笑扬起一只烫手，要给我抹抹下巴上的鼻涕，还没够着，就被几个穿白衣服的人推走了……面前出现一张表格，我昏沉沉地抄起笔往下写，"与病人关系"一格，写下个"夫"字，笔尖在纸上停住，却猛然想不起妻字怎么写。先是写成"事"，第二次写成个"聿"，涂了两个黑疙瘩，眼泪忽然簌簌而下，一个妻字让我这么凄然。我也太入戏了。

唐兰情况稳定之后，我回家拿换洗内衣、暖壶、水杯、毛巾，准备在医院过几天日子。到他的卧室里拉开抽屉，整整齐齐两列各色内裤。是安士佳的还是他的？不管了，拿几条再说。

忽然手指触到底下一条软乎乎的东西，仔细一看，脸腾地火热，赶紧推上抽屉，脑子里回响着"做得也太逼真了"。

回到医院时人人侧目。这幢住院楼大多是肚子里做了大手术的病人，黄着脸的人们看到一个穿玫红紧身背心、黑色蕾丝蓬蓬裙、丝绒高跟鞋的女人，眼都看得大了。忘了是谁告诉我的，探病要穿鲜艳点，这样病人看了才会精神一振。我在病房玻璃里一照，也觉得自己鲜艳过头了，一振成了一震。听见身后有耳朵不好的大爷高声议论，这准是来看哪个大款的。医生来查房，见着这么个刚从派对溜出来似的野姑娘，眼睛眨了半天，问：您是……病人家属？您昨天来过？

我打算等唐兰醒了，把这个当笑话讲给他。可等他真醒来，我就笑不出来了。那双形状好看的眼睛睁开之后，起初像失明似的毫无神采，眼珠在睫毛底下转了转，意识逐渐在瞳仁里亮起来。

他嘴一咧，出来个衰弱的笑。我鼻腔就一

涨热，糟糕，怎么又要掉泪。然而他第一句却是：跟小佳说了没？

我的泪立即凉一半，没，还没说。

他放了心。先别告诉小佳，不然他也是白着急。

那，你爸妈呢？

爸妈……倒不妨。住院用的钱，你留好单子。

留单子是要给我报销的意思，我想回嘴又怕费他神。他的头发在医院的硬枕头上睡得七支八翘。我想，回去得记着给他拿软枕头来。

他闭着眼睛，忽然说，你这一身，很好看。

第三天，唐兰被换到普通病房。病友一个是戴眼镜的萎缩性胃炎患者，人也像萎缩了，一片枯涩黄白的叶子，自己推着输液架走路，走得比轮椅还慢；另一个是十几岁中学生，病在肠子里，安徽农村来的，他睡着的时候，他爸妈就坐在床边不错眼珠地盯着看，就像要数清儿子的呼吸一样。

病床的木头凳子极不舒服，我靠着墙看书，一分钟换一个姿势还是腰疼。唐兰动了动，我凑上去问，要什么？

他不说话，眼睛分明是想要点什么的眨了眨，喉结滑两下，又把那点什么吞回去了。

我再问，是要去厕所吗？说着伸手想在他头发上摸一摸，他居然微微一偏脑袋，闪开了，我愣一下，他低声说，我想洗头洗澡，我太脏了。

原来不是嫌弃我，是他自己嫌弃自己。昨天发了大半天的烧，退烧药催出一身大汗，头发黏成粗细不一的毡条，沉甸甸搭在额头上，满面油腻腻汗渍，身上一层带着余温的黏糊糊，那气味就别提了。他一说我浑身的毛孔立即替他难受起来，换作我，也会命都不要地想洗头洗澡。

他说完那句，立即哼出个抱歉的笑。其实我继续愣着，是在想怎么才能让他如意。想了一会儿，我到楼下超市去买袋装洗发露。医院走廊里的洗漱台子供应热水，我从床底拿了塑料盆，接冷水，羼热水，兑成温水，端回来放在床脚凳子上，让唐兰挪动身子，头垂到床外边来。我一手托着他的后脑，一手撩水，浇湿头发。平时他绝不会这么让人给他受累，一病起来顾不到那么多了。

搁在我手心里的这个后脑，形状规整漂亮，想得到婴儿时母亲多么当心给他反复翻身，才睡出这么好的后脑勺。我刻意在他头皮上轻轻按摩、抓搔，指尖跟头皮蹭出声响，他舒适得一动不动，闭上眼睛，脸庞凝住了。病房里其余几个人也不动，饶有兴致地参观夫妻恩爱。萎缩患者看得添了好几分精神，中学生眼直了。洗完一遍，我换了清水，冲净剩余的泡沫，给他揉干头发，扶他躺正。再打一大盆水，浸湿毛巾，先撸下袖子擦手、手臂，再拿毛巾探到病号服下面，摸索着给他擦身子。那些圆实肌群沾了水，泛出亮泽，隔着毛巾碰触都能得到卓绝的手感。这个时候，我真心实意地羡慕安士佳。

擦完上半身，我去换一盆水，涮净毛巾，掀被子要给他擦下半身。他伸手捺住我的手。

卫铮，可以了。

　　我抖掉他的手，低声说，不用不好意思，你支给我的薪水里包括这个。

　　一个午后，病房里三个病人都睡了，中学生爸妈趴在儿子床脚，低低地呼噜。我坐到靠窗的地方看书，阳光浓得烈酒一样。我越来越昏沉，书页上的字蝌蚪似的要游动到空气中。忽然眼睛被什么特别亮的东西晃了一下，抬头看见最远那张病床上，唐兰拿手机的金属壳反射阳光，往我脸上照，乐得像恶作剧成功的小孩子。

　　我一只手抵挡，一只手发短信给他：你就不能好好睡午觉?

　　我睡累了，歇会儿再睡。

　　我放下手机，继续假装看书，不理他。短信又进来。我想起来了，那天你说让大夫抽你的血，你不是最怕针头? 忽然不怕了?

　　我不大敢抬眼睛，费了半天劲儿，写了又删，最后发回去这样一句话：老板，我那不是为了给你省钱？你的钱还不就是我的钱。

唐兰出院之后，唐父唐母赶来住了一个星期。

我跟唐母在厨房炖汤，遇赦罪人似的叉手而立，陪着闲谈。

小卫呀，唐母用汤勺搅动锅里冒着热气的鸡汤，我看到你们抽屉里还搁着安全套，上次不是答应过爸爸妈妈，放弃避孕吗？

我讪笑，哦，那些都是从前没用完的，其实，这段时间阿兰太忙，我们也好久没……唐母正色道，阿兰过年就三十三，你也快三十了，再忙也得先顾这件事，啊，听见没有？我止不住地讪笑，点头，正窘出一头汗，只听唐兰在屋里一连声地喊，卫铮，卫铮，你过来一下。

唐母露出快慰的笑，唉哟，这小子黏媳妇黏成这样？去吧小卫，快去吧，你就陪着他，不用过来了。

我得救似的溜回他卧室，反手关上门。唐兰坐在床上，眼睛好亮，卫铮，有件事得靠你帮忙。

这忙不好帮，我答应下来才发现的。安士佳出差回来，才知道唐兰进过医院。现在人已经到了楼下，一定要见一面才肯走，估计快把楼前的路走出渠来了。我拿着手机读安士佳发来的全是叹号的短信，唐兰已经在穿衣服了，往裤管里奋勇蹬腿，完全不像停食一周、全靠输液的人，他说：你赶紧去跟爸妈讲，说陪我下楼散心。

能振奋他的，毕竟还是那个人，他眼睛亮得我有点伤心，让他躺在病床上洗头洗澡的是谁？可不是楼下那个。不过我就这么照他教的去说了，给他爸妈反复保证慢慢走，绝不走远，终于把他护送出了门。

安士佳就在二楼埋伏着，甚至等不及唐兰再往下走，三两步蹿上来。四支手臂一张一收，两人又对视成童话和好莱坞电影了。

这本该又是我消失的时候。一阵酸楚从腹部清晰地荡上来，我压低声音说：喂喂，lovebirds，好歹等到人少的地方再缠绵，我可为你们担着罪过呢。留在我眼前的只是两个壳，真实的他们已经进入了不能共享的地方。有的感情力透纸背，有的纵身自焚，有的……有的是只剩下飘渺香气的旧梦。

十五

夏天到了。谢玉轩和吴妙珊负责主办一次盛大学术会议，此会事关重大，重大到他们新建立的研究基地能得到多少经费。两个教授的全体学生出动，几十号硕士博士帮助打印装订材料，分装纪念品，订车票机票饭店房间。导师半开玩笑地说，都说扩招不好，这回显出扩招的好处了，不是这么多学生，哪干得完这么多事！

周松、我、阮荔荔、桃乐丝等人，都准备了论文要在会上宣读发表。乘数小时火车，到达举办会议的温泉酒店。我跟她分在同一屋。第一天开完会，老教授们兴致勃勃地去洗温泉。泡汤结束后，外籍专家们先回房休息了，中国老学者们老而弥坚，由虽不貌美但相对年轻的学生们搀扶着，到酒店 KTV 唱歌。

超大包间坐得满满当当，每位教授身边都傍着一个女生。谢玉轩先唱了一首《月亮河》，就笑吟吟地说，还要给大家安排后天的游览，失陪了。

午夜 12 点，逸兴飞扬的老爷子们手捂肚腩，一遍一遍地唱《三套车》，唱出了十二套车。我头疼得实在拍不动巴掌了，从沙发后面溜过去，跟导师告假，她恨铁不成钢地瞥我，挥挥手。我在场子里飞速找一眼，奇怪，阮荔荔哪儿去了？

回到酒店房间，她的衬衣长裙都卸在床上，只少了一套睡衣。手机还留在枕边，人当然是没走远。

我睡下了，始终睡不实，梦都断得一段段的，意识里总在等那一声门响。

凌晨黑沉沉的时分，门终于响了，却是隔壁门响，紧接着我的房间门开了。我僵着身子不动，听到她试探着喊"卫斯理"。

我仍不动。不一会儿，浴室里响起哗哗水声。我按亮手机，2点半。

隔壁，是谢玉轩夫妇房间。

早晨在酒店一楼自助餐厅吃早饭，我端着咖啡坐到桃乐丝旁边。昨天你们陪老爷子们唱到几点？

桃乐丝一副奄奄一息的样子，半夜3点！

老谢和老吴一直在？

老谢一直没回来啊。一直是老吴撑场，这女人精力旺得吓人啊，最后一首压轴歌，是她跟北大的 Pro. 王合唱《青藏高原》！

下午开会的时候，阮荔荔跟周松一起出现。她坐到我身边来，我只埋头看着自己的论文稿。她怔忡着坐了一阵，又轻手轻脚地出去了。

这正是会议半路气氛最好的时节，一位六十多岁的学术大佬正讲话。阮荔荔包里的手机忽然恶作剧似的响起来，大佬停下了，眼睛盯着稿纸不动，清嗓子。所有人投过来谴责的目光。

　　我脸都吓白了，大半个身子钻到桌子下面手忙脚乱地打开她的包找手机，包里东西山洪似的涌出来，哗啦啦流了满地。

　　跟手机一同跌出来的，还有一盒"毓婷"。72小时紧急避孕药。银色药板上，唯一的一粒药已经被扳掉了。一张药店小票，显示购买时间是今天早晨九点，大概就是药店开始营业的时间。

　　周松远远看着我，嘴角露出知情的冷笑。

　　我跟自己说，她不属于任何人，也不属于我。寂寥是诉不尽的。灵魂中有一部分，语言无法达到，再泛滥的感情也鞭长莫及，只能靠天分或相近的天性捉摸轮廓。我不愿思考的真相，就像一根粗大绳索从额头和太阳穴上缠绕下去，在颈子上绕一个圈，蛇也似的、密密地、一匝一匝捆着身子，直到足踝。每次呼吸，都觉得喉间紧了一紧。

　　其实我从没真正地认识过阮荔荔，只靠最笨拙的方式安慰过她，或安慰过自己。我不愿承认我始终没真正认识过她。希腊女子比利提斯的银饰腰带上，有这样一句诗：永远爱我，要是我一天骗你三次，你不准悲伤。

　　《江河晚报》讯：我省著名高校××研究基地成功举办国际学术会议，来自日本、韩国、澳大利亚、比利时等各国专家学者欢聚一堂，讨论了关于×××理论和×××研究方法的重要问题，主办者谢玉轩教授夫妇广受好评，另悉，该校一女研究生因发表出色论文，获比利时布鲁塞尔大学某学者盛赞，并得到邀请，或将到该校做为期一年的交流学习。

十六

　　一切都将湮入遗忘，如果不记录下来的话。我即将想不起她的脸庞，像一页薄薄字纸翻阅得太久，边缘磨得发毛。一年之期还差两个月。唐家爸妈又来了，这次是检查身体，他爸说腰一直不舒服，是里边疼，据说这种疼挺不祥，得抓紧探究。

唐兰请了几天假，白天带他父亲去医院检查，晚上一家人坐在一起看电视剧嗑瓜子。我负责张罗饭菜，唐母负责教我烧她儿子爱吃的家乡菜。

我在半夜忽然醒来。他在我身边，双手抱膝坐着，雕塑似的一动不动。我转侧之际，衾枕窸窣，他立即知觉了，转头瞧我，瞳仁隐约闪光，你怎么醒了？

他的声音并不沙哑含糊，可知是坐得很久。

我清清嗓子，问：几点了？他连看都不看便道：三点。青紫夜光投在他面上，给轮廓涂了一道边。

猜到他有话说，我便等着，翻个身，膝盖碰到他大腿。他在黑暗里说：卫铮，我和安士佳分手了……他跟别人偷情。

你怎么知道？

前天夜里他跟他前男友在一起。转天中午一起吃饭，我趁他上卫生间，翻他的钱包——他钱包里一直放着一枚备用的安全套，没有了。

你问过他？

问过，他承认了，很痛快。他说他真的忍不下去，等不下去。他说我是个懦夫。

面对受苦的生灵，只看而不拥抱他们是不对的。我折身坐起，从背后抱住他。他一直裸着上半身坐着，脊背和肩膀凉透了。我手臂在他腰间合拢，侧着脸颊贴上他后颈，立刻觉得脸蛋被他的肌肤衬得火热。视野里尽是他的肌体遮天盖地，男人气的体嗅涌入鼻腔。他叹了一声，额头垂下来搁在膝上。

黑暗中，听得他绵长细密的呼吸，胸口有节奏地一收一缩，脊背一起一伏，我的身子也随之起伏。我抱得那么紧，像能融化进他的肉体中去，因此真切感染到这具胴体中的痛苦。要是有一柄剑刺透他的腰身，同时也穿过了我的小腹。

——你痛惜你的爱情吗？那就等于哀悼一场梦幻。你了解人的心吗？你能计数欲望有多少次变化吗？那你还不如去数暴风雨中大海有多少波浪。做了多少牺牲，有多大恩情，都不是永远相爱的锁链。也许有那么一天，爱久生厌，往日的恩爱就变得无足轻重了，眼睛就只盯着一种又可怜又可厌的结合的种种弊端。

我断断续续给他讲这段忘了哪儿看来的话，当作安慰。

他苦苦一笑，卫铮，他要我转达对你的谢意。不是你的错……

后来，我吻了他。吻遍他身体每一处地方，由顶至踵，就像能用嘴唇抹去痕迹，吸干泉涌的痛苦汁液，心里涌起怜惜和虔诚的感觉。其余的路都走不通，仍可在这里获得慰藉，这假作真时真亦假的、合法的慰藉。那本来是清洁无邪的动作。等我吻回他胸口的时候，他两手一收，将我箍紧在他身上。我努力张大眼睛，看清他面部的曲直棱角，看他到底想做什么。

不知什么时候我被掀翻了，城墙轰然倒塌，柔软又坚硬的岩石把我压在下面。穹窿里有灾祸、暴雨、冰雹，粗鲁地彼此冲撞，让人失掉耐性。他的呼吸灼烫，像一根小小的、湿热的锯条，在颈动脉处一拉一扯。指尖不断放松，再收紧，带有奇妙的韵律（这样雄性的力气，能隔着皮肤把骨捏成碎渣似的，真要另一具雄性骨肉才能消受得起。他的模式本来就不为娇软雌儿设定。而她，她的手是清凉的溪流，泛浮桃花瓣似的十片指甲）。我闭住眼，真切地感到热流从小腹升起，仿佛一条蛰伏太久终于苏醒的蛇，游动得格外恣肆。热力像滴在宣纸上的一滴墨，又像一粒落进干草堆里的火星，慢慢地、坚决地扩散。他撕掉了我身体上以她的名字打上的封条，忘我地吻了又吻，好像地球得借助吻的力量才能继续转动，好像这一夜必须这样度过才能躲开末日（胡碴。她的腮上没有这样硬硬的茸。她的腮是新荔）。两条身子紧紧贴着，各处皮肤不断压迫、摩擦，骨节被勒得发出轻微格格声（她的皮肤没这样粗糙。那是两块奶油无声地融化在一起）。我感到身体里涌起波涛。波涛持续壮阔起来，像利刃一样同时刺穿了两具胴体。他急促地喘着气，像是跋涉过很远很远的路，风霜雨雪，万水千山。所有的虚假，终于凝结成一刹那的真实。我从未这样虚假，也从未这样真实。

　　在那之后，他睡得像个无辜的儿童，身子软绵绵地摊开，随着呼吸规律地微微起伏，弓形的上唇松开一点，像还要说句什么话。我摸摸他的嘴唇，那一刻有相依为命之感，好像是躲进无人发现的绝密角落。一忽魂魄出离得无比高远，遥遥地俯瞰到无穷阔大、不停旋转的空间里，密密依偎着的两个无比渺小的人。

　　我很久没这么痛苦过，心头似乎有大难临头似的沉重，然而也很久没这么轻松过，像发泄出了恶毒似的痛快。窗户半开着，嘶嘶风声来自远方林中。床单光滑，枕头松软，肉体汗水淋漓，新鲜的微腥，混合体香。我在他旁边平躺下来，他的心跳像打桩机一样，在耳边有力地轰响，像从世界中心传来的声音。一切该怪罪于夜。夜间跟白昼不同，夜晚本身就有逼迫人们相爱的魔法。

　　所罗门王说：我所不知道的事情有四样，

鹰在天空中掠过的影踪，蛇在岩石上滑过的痕迹，船在深海里航行的道路，一个男人的名字在一个女子心中留下的印记。

贤哉所罗门。

十七

好了，那俗得死人的老故事终于讲到了最后一段。那个秋天我回家待了几个月，参加父母的离婚典礼和父亲的再婚典礼，回来时发现屋子空了大半，周松无声无息地离开了，阮荔荔的东西也打了包搁在屋里，马上要走的样子。

其实我根本不打算再询问那桩公案。

她知道我回来了，遂在午饭后出现。黑上衣黑长裙，脖子上搭着红围巾。那条红围巾。

但她什么也不说——只谈些论文、交流学习、毕业、找工作等闲事。我到厨房烧水，洗茶壶茶杯，沏茶，给她倒茶，洗苹果，不让自己停。实在没得忙了才坐下，朝她没想法、没企图地笑。墙上一幅巨大的百合花，过了这么久，已经脏得不好看了，花瓣成了灰黄。

也不知这么坐了多久，门铃响起，我去开了门，门外站着吴妙珊。

我喊：导师？

导师的眼睛不优雅不涵养了，那是一对平滑的、刻着仇恨的玻璃珠。卫斯理也在呀？她的声音也是另一种声音，笑得也怪，那个笑像面具似的扣在她脸皮表面，就要垮脱下来的样子。这女人变得陌生可怕起来了。

她说：听说阮荔荔住这里？

阮荔荔走出来，在客厅里站住。吴妙珊说：阮同学，你落了一些东西在我家，今天拿来还给你。

她从挎包里掏出一团东西，鲜红得刺眼。一掷，轻盈盈地落在地板上。

那是一条红内裤。

还掏。掏出来的东西还是红的，这回是桃红色。一件桃红色丝绸睡裙。她手直直地伸在空中，睡裙像垂死的软体动物，从她手心昏沉沉滑落下来，无声坠地。

阮荔荔死盯着那两件红物事，然后盯着吴妙珊，眼睛瞪得大而圆。

吴妙珊继续硬硬地笑，嘴角翘得很不对称。阮同学，这么好看的衣服，赶紧洗洗收起来吧，啊，乱放乱丢的，多可惜。

说完，她转身，拉开门，走出去。

我这才发现，门外还有一双老花花公子累坏了的冷漠眼睛。门敞开着，吴妙珊背对着我的目光，对那男人说，好啦，安东尼，东西都还给人家了，咱回家吧，今天我烧几个好菜，给你下酒。

谢玉轩看了门里的阮荔荔一眼，很慢很慢地转身。我最后看到的，是那个漂亮的、穿白衬衫的脊背。

高跟鞋敲着胜利的鼓点，朝楼下响去了。我回过神，看见阮荔荔蹲在地上的内裤和睡裙旁边，拿脖子上围巾跟它们比对，抬起头，脸像是一张空白表格。卫斯理，这是……红色的？是吗？

我攥紧的拳头里流着汗。我真想冲下楼去，

告诉吴妙珊，告诉谢玉轩，告诉所有人：这个有红绿色盲症的姑娘，她所有红色的衣服都是我给她买的——那也只有那条红围巾。我从没给她买过红内裤和红睡裙。

但我没动弹。我也蹲下来，抱住她，抱住了我无数昼夜的迷惑与痛苦，抱住黑夜一样无法破译的感情。我不想知道真相，任何真相。是虚假承担起世界和平的重任。虚假拯救万物。这时候我多需要虚假。虚假像糖衣包裹一切——绝望、舛误、真相、祸事、荒谬。在她面前，我多需要虚假。

十八

天气真捧场，天空无所用心地蓝着，完整得像倒扣过来的瓷碗，让人很想做做游出去的白日梦。还真是离婚的好日子。唐兰发短信约我在一间小咖啡馆见面，说有点话想讲。咖啡馆距办离婚的民政局不远。

我也有话想跟他讲讲，如今他居然算是我

最亲近的人了。小说什么的，我打算放弃了。据说会写作的人是因为他们做了关于彩笔的梦，或者在彼得哭泣的时候得到了悔恨公鸡的羽毛。不过，我真心希望唐兰看看我的小说。离婚这回事足够在三年之内当不再结婚的挡箭牌，给他，也给我，所以我也要讲感激的话。

坐在咖啡馆靠窗位置的是个憔悴了不少的唐兰，他叉开虎口撑着下巴，维持着镇定的娴雅。

我在他对面坐下，觉得阴云开始缓缓聚集起来。

他坚持等着服务员上完两杯咖啡，才吐出这么一句话：卫铮，我去检查身体，结果出来了。是阳性。

什么阳性，肝炎？

HIV。我是HIV病毒携带者。

我怔了半晌，一时忘了这时的撇清有多残忍，脱口而出：那一次，我记得很清楚，我给你戴了套。

不。他疚痛地看着我，惨惨一笑，又是那种欠了全世界情的笑。戴跟没戴完全没区别，我爸妈，为了让你早点怀孕，把抽屉里所有安全套都用针扎出了洞。

他眼里积起泪水转出的亮圈圈，嘴唇哆嗦，两只修长的手摆在红格子桌布上，止不住地痉挛。

我凝望他面上的山峦、湖泊、奔流的河水，看了一会儿，忽然走神了，想起十几个月前某个阴沉的晚上，爱得跟童话似的一对男情人到酒吧街 les 吧去找猎物，在酒吧门口，一个喝醉的瘦女人晃进视野，她对喝醉还没经验，一边放声大哭，一边努力把歪斜的身子往人行道上拽。雨来了，第一批雨点从巨舰一般的云块里投掷下来，所有人都叫着跑着积极躲雨，除了那三个人。瘦女人蹲在地上专心致志地哭，像要跟急雨赛一赛。叫唐兰的男人小心地在她身后站定，打量她廉价的吊带裙、脏球鞋、束头发的黑皮筋，以及透过那些一眼看穿的生活窘状。他回头对替他打伞的情人说，小佳，你觉得她行吗？就因为他们把我送回家，我唯一一次打算走进 les 吧碰碰运气的尝试也失败了。一年前我们有了那么个楚楚动人的婚礼，唐家父母说什么也一定要大大操办，好堵住所有说闲话的嘴巴。雪白衬衣托着他的脖颈脸庞，西装妥帖地强调每一根美妙曲线，衣冠楚楚的他比任何时候都俊俏，像是时装杂志内页的剪影或画板上的人物走到空气里来。我和他两只戴着白手套的手拽在一起，我低声说，高跟鞋累死我了，这个月你要给我加工资。司仪高唱：第二拜，拜高堂！唐家父母一会儿擦一下眼睛，一会儿擦一下眼睛。时光，好一场捉弄人的大戏。

十九

在医院拿到体检通知书之后，我订了最早一班到布鲁塞尔的机票。

还没按下门铃，心就跳乱了。我手掩着胸口给自己顺气。门开了，一个妇人闪出来。隔五秒钟，我才从这个白胖妇人身上认出一个阮荔荔。黑眉毛黑眼睛都没变。但是有什么更要紧的东西变了。

她仍好看，所有的好看都在，只是不再美丽。

妇人跟我一起发愣，小声叫道：卫斯理？

我调动出一个笑在脸上，说：我来比利时出差，听他们说你在这儿挺好的，顺道来看看你。

她侧开身让我进去，笑，笑里居然很空，没什么话说的样子，来回走动着给我倒咖啡，拿水果。她仍穿着最宽松的衣服，一走道衣襟袖口一块儿飘，我很快看出这宽松的衣服是孕妇装。问：几个月了？答：四个月了。

又问：卫斯理，听他们说你结婚了？

我拿出准备好的照片给她看。他叫唐兰，设计师。是，很俊。呵呵。是，他对我蛮好的。是，他父母对我也蛮好的。

能说得出口的话，五分钟就说完了。久别重逢的滋味不好受，面对一个百分之八十的陌生人，诉衷情的话在肚子里涂涂改改，还是冲不破喉咙。屋里一直飘出断得一截一截的钢琴声。不说话挺尴尬的，她说，来，卫斯理，来见见我女儿，莲姐。

莲妲当然不是她女儿，她哪生得出这么丑的孩子。混血儿没混好，往往就成了灾难。琴凳上的十岁莲妲宽脑门、方脸、阔嘴、骨架粗大，两只手臂毛毛的，上唇有些小黑胡，估计是欧洲母亲的遗传。她严肃地跟我道你好，又问要不要给客人弹一段琴。我说好呀好呀。她说，那我弹一段巴赫吧。态度矜持，举止倒是优雅自恋的，丑女孩再不自恋就更孤单了。她弹完琴，又肃容叫着Lily的名字说了一句很快的法语，我听了个大致意思，是说你没去孕妇瑜伽课，爸爸会批评你的，他很重视这个课程。阮荔荔很认真地跟继女解释，我多年没见的同学来了，差一节课可以原谅，而且你也可以不把这件事告诉你爸爸……

中午十二点，男主人回家了。汤姆·李，比利时华裔。我得承认我赖着不走，就是为了看看他长啥样。原来莲妲的宽脑门方脸大骨架来自父亲，即使带着一副最想给他美言的好心肠，也难于找出多少优点和缺点。他伸出一只暖和滑溜的手跟我握，指甲都是大方块儿，一笑至少笑出十二颗硕大白牙。Lily 精准地挑了人群质量抛物线最中间的那一点，干脆地跟少年时代划清界限。

汤姆是律师事务所的合伙人，他双手扶膝，露着白牙说，莲妲妈是比利时人，从谈恋爱到结婚到离婚到现在，一直就没停了吵架。还是娶个本族女人更稳当，起码愿意陪我爸妈搓麻将，哈哈哈。阮荔荔也稳稳当当地笑，抚摸丈夫的大手。稳当的生活，让她有了笃定的光芒。

一顿大家都努力摆脱冷场、取悦别人的午饭之后，我险些累瘫了。幸好汤姆道着歉站起来，说要回公司去了。她也起身去帮他穿风衣，一个拎起衣袖一个把胳膊准确地捅进去，显出上百次反复合作的默契。又低声提醒他，手机、车钥匙、钱包都拿好了没？好，那么晚上见。嗯，我会好好招待卫斯理。嗯，我会督促莲妲上芭蕾课。嗯，亲爱的，我也会想念你。

她当太太当得太娴熟，太像样，怎么弄得我心疼起来。陪公婆搓麻将的 Lily？催继女上芭蕾课？没人能驯服她，除非她自己愿意驯服自己。

下午，她说要开车带我出去。我拎着包站在门口，听阮荔荔在里面跟莲妲好声好气打商量，我振作起所有法语听力，听出来：怀孕之后汤姆不让她开车，她这趟偷偷出去，得跟莲妲商量一个价格适宜的封口费，小姑娘还要求加上逃一节芭蕾课的筹码。我从没听过她那豆沙似的音色出来这种口气。后母不好当，不过莲妲明显不打算向后母讨要温柔、宠爱这些东西，那就容易多了。

二十

车子驶向布鲁塞尔南郊的滑铁卢小镇。一上车，她就开了音乐，大吼大砸的摇滚乐，她笑着说，老李天天让我听没油没盐的胎教音乐，快听吐了。又皱眉，伸手，来解我颈上围巾，围巾怎么能这么系？看着，这样，绕一个圈，松松地搭下来……

——Lily 仍是 Lily，起码藏起来的那一部分仍是。

　　到达时将近傍晚，一天中最奇妙的那段时光。1815 年 6 月 18 日，威名赫赫、横扫欧洲的拿破仑·波拿巴就在这儿输给普鲁士人，输给一场毫无预警的大雨，输给宿命与天意。方圆两公里的地方，曾挤满十多万厮杀的士兵，抛下近五万尸体，每一寸土都被血滋润过了。维克多·雨果说：失败把失败者变得更崇高，倒下的拿破仑比立着的拿破仑更加高大。

　　天空中大块大块的云朵各自割据一方，霞光凄艳如锈血，好似上古之初，许多神祇亦曾在此兴起过旌旗舞破的大战。

　　这便是令整个欧洲局势天翻地覆的地方，不可一世的拿破仑兵败被放逐，法国从此永失霸主地位，英国暗暗崛起，各大国势力重新排位，暂时达到均势……一切的转捩点，俱在这小小一片田野中。

　　昔日古战场如今是平旷无边的绿地，芳草萋萋，建于 1826 年的铁狮峰趴伏其中，安闲如入睡一般。我跟她坐在车里，静得像两条草叶。

这似乎终于是能说点什么的时候了。我问：你跟汤姆还好？

她看透我似的，笑：你是想问我是不是爱他。

不不，我不是这个意思。

你就是这个意思。卫斯理，我对他，他对我，有的都是一种婚姻之爱。

好像就要谈得深下去，我竟然又怕了，换话题说：肚里的孩子取名了吗？

叫 Smilence 怎么样？她仍笑。

又过了挺久，她问，你还记得咱们书架上有一本《拿破仑情书集》吗？学校图书馆的。续借了很多回。

其实那书是她的，不是"咱们"的。不过我当然点了头。法语课本里有拿破仑书信选段，我跟她曾一起读过那位好皇上在军帐中挑灯写给爵色顺皇后的情书。天色越来越暗，越来越温柔。她开口，背出一些句子，声音像我第一次在谢家听见时那么动听，带着无法拒绝的韵律和节奏，让人一听就忍不住想要探索她、了解她、陪伴她，拿出全副本领取悦她，保护她。

"……在军务倥偬、检阅营地之际，我的心中只有你。你的容颜、你的健康，无时不在念中。于我而言，热爱你，设法使你幸福，不做任何使你烦恼的事，是我此生的目标与追求。远离你，黑夜显得漫长、乏味和悲凉；在你身边时，又为不能永远是黑夜而深深遗憾。"

我看着她，想看深一点。风把陌生的气息吹散，剥出一个有热带水果香味的旧 Lily。人们是怎么竭力把一整个老世界折叠在某处的，但只要一块碎片的召唤，什么都会呼啦一下飞回来。她不看我，眼睛慢慢转向铁狮峰。

"你从哪里学来的魔力？竟令我神魂颠倒、浑忘万物。我的心澄澈见底，对你一无隐私。我曾以为爱你已有多时，但自从与你离别之后，我才感到现在爱你胜过往昔一千倍。无论如何，我们在离却尘世之前可以说：在相当长的岁月里，我曾有那样的幸福……"

我觉得我懂她的意思。我觉得，雾在一点

一点散掉，掸掉冰冷的砂粒尘土，熟稔的东西仍在，旧梦幻像夜合花一样徐徐合拢。当风掠过草尖，发出山涧流淌似的沙沙声。我认为我已经满足了，非常非常满足。

这时候她说：等一等。并缓缓将手提起来，提到胸口，一粒一粒解开上衣的纽扣，衣襟像阿里巴巴的宝库山门一样訇然中开，呈现出丰满多了的雪白肩头，以及鼓胀得不大寻常的乳房，乳晕紫开了一大片，像奶酪上落下墨汁正要洇散。那曾是梦境里的江山明月，珍馐美馔。只是樱桃换成了黑莓。

要不要跟我来一回？放心，这点肚子不影响，我试过。她始终从容不迫，眼里多出点揶揄又怜惜的柔情。

我一动不动地看着她。一动不动。后来不得不慢慢把身子弓一点，弓一点，就像不得不竭力忍耐身体内部某处的疼痛。眼里涌上来的液体，热辣辣犹如酒浆。

那一刻我想：我曾多么爱她，我仍将多么爱她，世上没人能及得上一半。但我知道，在等了这样久之后，她再也不能给予我苦苦等待和思念的东西了。

魔术师的女儿

一

我叫莉莉·葛瑞芬。我父亲是个魔术师。我从两岁半就开始做他的助手了。如果你曾路过某家剧院，瞥到剧院外墙海报上印着穿黑礼服的瘦高男人，背后倚着梳一对辫子、穿粉红纱裙、脸蛋肉乎乎的小女孩，没错，那就是我们——"葛瑞芬父女"。后来虽然我逐渐长大，不再是婴儿肥的样子了，但海报一直没有改动过。

我父亲也许不是几大洲魔术界最杰出的魔术师，但他一定是最英俊的一个。母亲呢？我曾问起母亲的容貌。他说，照照镜子，你就能看到她了。大多数魔术师的妻子都是他们的助手，因为这涉及各人自创的秘密手法。不过母亲只是他一次表演里的临时嘉宾。至于出身，她似乎是个裁缝家的女儿。

我是少年时离家出走的父亲与母亲意外激情、意外怀孕的结果——每个人都是由一堆意外拼装起来的，不是吗？父亲所在的马戏团巡演到母亲住的小城，一切就此开始。

打动我父亲的，也许是她那一头拉斐尔前派油画少女似的、华美繁茂的红铜色长发，也许是她宝石一样的碧绿眼睛。当魔术师问，有没有志愿者？她身边的女伴嬉笑着抓着她的胳膊高高扬起。她猝不及防，他已经微笑向她伸出手来。

她走上舞台，好奇而快活地凝视他，按他的要求在铺着黑天鹅绒幕布的长案子上平躺下来，双手交叉搁在小腹处。他一点点抽掉那块布，案台不见了。她的薄绸子罩袍落下来，悬在空气里。

人们鼓掌。

原先的设计是他把幕布覆盖在她身上，台子再次出现，但这一次，他把自己的手臂伸到她身下的虚空中，轻轻吹一声口哨。重力忽然又回来了，她身子往下一沉，不禁"呀"地娇呼一声，飞快扬起胳膊，搂住他脖颈。人们大笑，继续鼓掌。

无论在多小的马戏团，魔术师都能拥有一处私密空间。因为众所周知，他们和他们的道具都需要保密。夜深了，年轻魔术师专门给红发美人表演的节目才刚开始。他每除掉她一件衣服，往上一抛，那衣服就在空中变成花瓣，纷纷扬扬洒下来。

最后她再次躺倒在方才消失过的长案子上，台上仍垫着黑天鹅绒的幕布，汗湿的红发向多个方向散开，灿灿生光。她就像刚被水手从海中打捞上来的塞壬。最激情的时刻，她一脚蹬翻了鸽子笼，鸽子们扑腾翅膀，鹦鹉嘎嘎叫，灰兔子不安地翕动鼻尖。也许我就成形于那夜——或是之后几十个同样气喘吁吁的夜晚。

她跟着马戏团去了下一个小城，并在那里跟父亲匆匆结婚，那时我已经在她肚子里长到苹果那么大了。观礼者甚众，除了双方父母和留下照应动物的饲养员，所有亲友都来了。一对新人站在圣坛前宣誓后，要戴戒指了，父亲浑身上下搜索，最后在神甫的光头上一摸，把戒指摸了出来。

六个月后，我出生了。当神鞭手佩蒂阿姨等人努力把我拽进这个世界，父亲正在台上从袖口里拽出鹦鹉和水晶球。本来整团已将开拔启程，去下一个城镇，班主特意为了新生儿多待了半个月。

说不准母亲是从何时开始后悔的，是怀孕期间父亲整日躲在他的工作帐篷里研究新魔术，还是频繁的哺乳和不得安宁？睡着婴儿的竹篮子放在他们婚床边，我隔几个小时就睁眼啼哭，表示肚子需要填饱。父亲称要赶制道具，几乎再没回母亲身边睡过。据娜塔莎说，母亲很少笑，永远是睡眠不足的厌倦样子，喂奶时也心不在焉，好像有什么事想不起来，需要苦苦思索。每次她喂饱了我，就拢起衣襟往床上一躺，什么也不管了。要不是团里的女人们轮班来帮忙，我大概早晚会生褥疮。

如今我也长到了她那个年纪，我想，我明白她为何痛苦恓惶——她根本还没做好准备。一切像魔术一样突然冒出来，丈夫，女儿，责任。那一年他们两人都未足二十岁。满心欢喜地走进生活的玫瑰丛，却被意料之外的花刺扎疼了。花丛中还埋着机关，锯齿死死咬住脚踝，她得牺牲一块血肉才能逃脱。

那块血肉就是我。我五个月零十天的时候，她为父亲做助手演出了最后一场。一切并无征兆。她第一套戏服是钉着假珠子的白短裙，第二次出场时换上宝蓝绸缎长裙，头戴插着一根孔雀翎毛的礼帽。扑克牌戏法、镜中穿越、悬空漂浮（那时我父亲的魔术还很平庸，没什么个人创意），然后，他打开一人多高的描金柜子的门，把她关进去。

母亲向观众微笑挥手。又目注父亲，再挥

挥手。他后来知道，那是永别的意思。

柜子门无声关上。他从架子上拿起长剑，从上至下一柄一柄刺进去，刺了五把剑。打开柜门。柜子是空的。里边横着五条雪亮剑刃。

然后他模式化地微笑，夸张地扬起手臂，向观众席最后方一指，那里有个早就留出来的空位置。母亲却并没站起身，挥手微笑。在她应该出现的那个座位上，只放着那顶插孔雀翎毛的帽子。

那枚从神甫光头上摸出来的银戒指，被留在我枕头旁边。

她的名字是温蒂，Windy，她就像自己的名字一样随风而去，离开了这潭误入的泥淖。

二

在那之后，我成了整个马戏团的婴儿。父亲练习魔术或上场表演的时候，我由人们轮流照顾。奋勇当先的通常是驯虎师娜塔莎阿姨，等她要跟她的大猫们厮混或是上场表演，我就被交到小丑咪咪阿姨手里。咪咪得出场跟小丑丈夫表演高空秋千时，接班的是神鞭手佩蒂阿姨，她可以一只手抱着我，一只手继续挥鞭练习，把五米外一座半人高枝状烛台上的蜡烛逐根打灭，或是打落花瓶里玫瑰花的一片花瓣。不过我最喜欢跟马术女郎佐伊在一起，她会抱我上马，控着缰，令牝马"优雅夫人"踏着细碎的步子转圈，一圈又一圈，那有规律的震动，就像一只手摇着摇篮一样。

　　班主召集人们训话的时候，接管我的是波兰裔胖厨娘。她围裙口袋里常放着一只扁酒壶，供她在削土豆剥卷心菜的间隙呷两口。有时我在婴儿筐里哼唧起来，她就用手指蘸一点酒让我舔舔，于是一大一小两人都醉醺醺、乐陶陶的。

　　有一桩奇怪的事，他们联合起来不让团里的男人抱我（除了我父亲），"拿开你们的脏手！"她们把一切男人的好奇和触碰归结为不怀好意。

　　她们决心把我教养成一个"淑女"。好吧，虽然后来我并没长成什么淑女，不过感谢好心的阿姨们，我比大户人家的淑女小姐更健康快活。

由于那场婚姻悲剧，父亲得到所有人心照不宣的怜悯。人们像照顾病人一样小心翼翼地待他。其实对他来说，她的出走倒纠正了一个错误。可惜这错误还留下一个遗产，是个会哭闹要吃喝的幼崽，无论什么魔术也变不走它了。

那时候，父亲跟他的女儿还不熟悉。

世间母亲与子女的感情，来源于怀胎时的脉搏相通、分娩时的切肤之苦，父亲们对子女的感情没那么自然。父爱大多始于惶惑：眼前是出于逻辑和伦理、不得不耐心应付的一个陌生来客（甚至像是个陌生物种），其贪婪自私、无法交流很容易惹他们厌烦、恼火。得等这团血肉面目清晰起来，有些模样，有些谈吐，他才能找到与之相处的乐趣，一日比一日惊喜地辨认出旧时的自己。这时父爱才算当真成形。

母亲走后，父亲为愧疚所驱，对我的态度稍好了一些，照顾我的时间逐渐增多——他总不能跟一个婴儿比赛任性和孩子气。我也总算对他有另眼相看的时候：当我哭得停不下来，像卡住的唱碟一样持续发出噪音，人们会说，这回得把詹姆斯叫来了。

只有他能止住我的啼哭。他匆匆跑来，有时手上还拎着钉箱子的铁锤。三四只手伸过来，帮忙解开他的衬衣纽扣。他打开衣襟将我连头带脸罩住，哭声就逐渐弱下去了。这一招永远灵验。我至今记得，在一片黑暗里脸蛋贴着他胸口小腹、嗅着温热的体息，那种安全感。虽然两岁之后，我就很少哭了，但钻进他衣襟的习惯却一直保留了很久很久。

两岁多的时候，他已经进步到能跟我长时间相处。在他对镜练习新魔术时，我被允许待在他身边。天幸我是个乖巧孩子，我可以跟一束羽毛一颗绒球一把银币玩大半天，安静地等待他休息时，蹲在我面前，给我变两手简单的戏法。他的魔术渐渐与我发生越来越多的关系。我成了他的道具、他的助手以及新魔术灵感的来源。这才让他实实在在对我感兴趣并重视起来。

我首次登台时两岁半。当父亲收起纸牌、把吹出的肥皂泡变成玻璃珠，侧幕处忽然出现一个红发小女孩，身穿蓝色海鸥图案的睡衣，迈着小短腿蹒跚上场，双颊粉红，睡眼惺忪。

场下所有女士齐齐现出"哦我的天，这难道不是个小天使吗"的表情。她们皱眉扁嘴，双手握住胸口——可爱与美态有时也会给心带来受伤一样愉快的痛感。

父亲弯腰把女孩抱起来，吻一吻她额头说，宝贝，为什么还不睡觉？

我要等妈妈来给我唱歌。

有人把一张带轮子的儿童床推上来，他将女儿放进去，柔声道，妈妈到天上去了，暂时不会回来。睡吧，亲爱的。

但女儿却顽固地说，我要妈妈给我唱歌。

愁苦的父亲现出微笑，柔声回答，妈妈不会回来了，不过，我们请她从天上给你唱首歌，好不好？他摘下帽子，从帽中取出一个一尺来长的布偶，放在小女儿怀里。那布偶有一把红铜色长发和碧绿眼珠，正跟小女孩的头发眼睛一个模样。

就在小女儿用手指梳理布偶头发时，布偶的嘴唇缓缓张合，一个温柔的声音响起来：莉莉，亲爱的莉莉，妈妈在这儿，我在你身边。

小女儿喜悦地叫了一声：妈妈！真的是妈妈。她把娃娃搂到胸口，宽慰地闭上眼睛。

下边有卖弄聪明的男人小声说：腹语术。他立即被眼睛发红的妻子擂了一拳。

父亲的嘴唇悲哀地紧闭。女人的声音说，好孩子，睡吧，我和爸爸唱歌给你听。

父亲又摘下帽子，从帽中取出一把钢制口琴。他吹口琴，布偶轻声唱歌：

月儿亮又亮，玫瑰香又香，

爹爹和妈咪，守着宝贝入梦乡。

星儿闪又闪，黑夜长又长，

我的宝贝闭上眼，甜甜睡到大天光。

场中安静极了，许多观众看得发痴，举起

双手，掌心相对，做出要鼓掌的姿势，都不忍心发出噪声。一个丧偶的年轻鳏夫，怎样苦苦把自己拆成一个父亲和一个母亲，只为让不明真相的女儿安宁睡去。这让魔术蒙上了神圣哀伤的光芒。

小女儿倚靠在父亲怀里，粉白的双臂环抱着布偶，一大一小两个相似的脑袋靠在一起。

口琴声和歌声同时停下来。女孩已经睡着了。

有人登台，把童床推下去。父亲这才面向观众鞠躬，领受掌声。

别当真，那只是表演，母亲从未在睡前唱歌给我。晚上通常是父亲读故事哄我入睡的。

父亲为我设计的魔术还有"浴缸和小宝贝"。表演时，台上搬来一个硕大的陶瓷浴缸，浴缸边沿上立着一个金色兽嘴龙头。魔术师的小女儿就在这时出场，由人抱着，交到父亲手中。他将浴盐倒进浴缸，再扭开兽嘴龙头，水流哗哗地逐渐注满浴缸。小女儿穿着红色连体衣踏入浴缸，嬉笑着撩水玩，一只黄色橡皮鸭摇摇晃晃地浮在水面上。

父亲从口袋里掏出一枚银币，亮一亮，然后做个手势，银币慢慢脱离他的手指，像羽毛一样，轻飘飘地浮了起来，越浮越高。女孩好奇地探身，伸出指尖，去碰那枚银币。银币的魔力瞬间消失了，从空中掉下来，噗地坠入水中。小女孩"呀"了一声，也跟着一猛子扎入水里。父亲耐心等着。过了几秒钟，她还没有出来。他弯腰在水中摸索一阵，脸上露出讶异的表情。浴缸塞子被提起来，水咕噜咕噜地下泄，水位逐渐下降，浴缸排空了。父亲把浴缸推倒，口子朝外，让观众也能看到： 缸里空空如也，孩子消失了。

（人们睁圆眼睛。）

父亲再次把浴缸摆正，再次扭开兽嘴龙头，水流再次哗哗地注满了浴缸。他关掉水龙头，叫道，莉莉，快出来，该上床睡觉了。

当他叫到第三声的时候，忽听哗啦啦一声

响，小女孩从水中猛地钻出来，咯咯笑着，高举的小手里捏着一枚银币。

（人们报以掌声与喝彩。）

阿姨们很反对这个节目，她们说，淑女怎么能当众洗澡！但我和吉姆都喜欢。浴缸隔一段得换成更大号的，换了三次。最后一次表演"浴缸和小宝贝"的时候，我已经五岁了。

三

娜塔莎阿姨始终爱慕父亲，而且一点不介意别人知道。她曾悄悄问我，莉莉，我来给你当妈妈，怎么样？

有一次她以为我已经睡熟。父亲进来，到床边端详我的时候，她从后面搂住他脖颈，把嘴唇凑上去。

我在黑影里把眼睛睁开一条缝，等待答案揭晓。

父亲身形僵硬，明显是出于礼貌而忍耐着。半分钟后，他转过身，动作轻柔地把她推开。

　　他那双褶痕精致的眼睛抱歉地凝视她，一言不发。她就明白了。他仍然是一片劫后余生的废墟，无法建筑新城池。她也一言不发地蹑足走了出去。

　　从此她再不提"给你当妈妈"这回事。

四

　　我六岁时，马戏团出了事故。表演大棚毫无预兆地倒塌，观众们惊慌逃跑，有好几人被踩断了胳膊腿。班主不得不把所有动物卖掉，才勉强够赔偿医药费。

　　这个团就此解散。不过团员们倒也不愁生计，事故一发生，早有别的马戏团经理人前来挖角。买马的人当然要雇佣马术女郎，买老虎的又怎么能不买下驯虎师呢？

　　最后一天晚上，娜塔莎阿姨到我们住的客栈房间来敲门，我听见她在门外低声说，詹米……邀我去的那个团，据说还缺一个魔术师……跟我走……照顾你们父女……

父亲却说，对不起，我打算单干。

临别之际，阿姨们逐个向我们告别。曾亲手为我接生的佩蒂阿姨哭得最伤心，她吻着我的头顶（她可是世上第一个见到我头顶的人），在我耳边说，莉莉，记着，一辈子都要小心男人。停一停，她用更低的声音说，还要记着，你父亲也是男人。

自那之后，我与父亲便以"葛瑞芬父女"的名头行走江湖了。

五

父亲才比我大不到二十岁。我五岁，他二十五岁。我十岁，他还不到三十。人们常误以为我们是兄妹，到我十六岁以后，又开始误会我们是夫妇。总之不像是父女。

失母的孩子大多早熟，而我能令一切早熟孩子都显得幼稚。当我一天当一个月那样飞速成长，父亲却拒绝变化。他的心智永远像个男孩，任性，充满幻想；身材瘦长得总像发育中的少年，栗色头发浓密光亮，蓝眼睛宛如夏日海水，洋溢教人一见难忘的热情；他的脸颊和额头始终光洁，犹如瓷器，时间的刀尖抵上去，总会滑开，留不下印子。

在我五岁之后，我们的关系就变得越来越奇特：我有时会表现得像个小母亲。我们在饭馆吃饭的时候，他常把不喜欢吃的洋葱，花椰菜挑出来，舀到我盘子里。我抗议说，你教育我不能偏食的，偏食会发育不良。

他挑挑眉毛，哦，我已经发育完了，所以我可以自暴自弃，至于可怜的你，还要等上十年才能随心所欲地挑食。

他睡觉时有个习惯，把舌尖在口腔里卷起来，轻轻吸吮，嘴唇因之有节奏地微微颤动，以还原婴儿含着母亲乳头睡去的幻觉。

我极少叫他父亲。他出生证明上的名字叫詹姆斯，他的熟人有时叫他詹米，只有我，只有我能叫他吉姆。吉姆、老吉姆、大个儿吉姆、臭臭吉姆、甜甜吉姆、神奇吉姆……

凡事如果不曾拿出来两个人共享，那就不能叫发生过。他牵着我走在街上时，两个人的嘴巴从来不停。瞧那拉马车的白马多漂亮，哟，新开张了一家玩具店，不要去看看？算了，吉姆，你给我做的玩具比他家的好看得多。想吃樱桃吗？咱们的钱够买多少樱桃？除掉下周房租，大概够买三颗。那么，你吃两颗我吃一颗好了……

同在一个剧院里表演，免不了与歌剧女演员、舞蹈团的舞女相识。有时他挂在化妆室的外套口袋里，会凭空多出一封情书。他会当好玩读给我听："尊敬的葛瑞芬先生，有这样一件事不得不告诉您：今天早上我发现我的胸膛完整无缺，胸腔里的心却不知去向。是您，用魔术取走了我的心……您表演的到底是魔术还是巫术？我是您巫蛊之术的受害者，求您前来我的寒舍，为我解开咒语，哪怕只一个晚上……"

我也有我的拥趸。旅馆二楼的诗人先生送

我一首诗。诗用蓝墨水写在账单背面。他和太太没有小孩，养了一只阴阳怪气的暹罗猫。吉姆把那诗看上几遍，随手一丢，嗤笑道，烂诗。我撇嘴说道，你可从没给我写过诗，哼，我还不如去给他当女儿的好。

他叫道，我每天都给你写诗了啊。

什么诗？

我的诗只有一句：小南瓜，我爱你，我爱你，我爱你……

六

开头时总不会太顺利，大剧院不接受无名之辈提供的节目，我们得先在一些小酒馆表演。

当时，限时逃脱、自残那类魔术最受欢迎，拿根绞索套在脖子上啦，戴着手铐脚镣泡在玻璃缸里啦，用电锯锯掉人头和手脚啦。可是吉姆不喜欢。

他常说，美感是最重要的。

还有些魔术师喜欢在表演时喋喋不休，像

叫卖自己的小贩，以巴结的态度急于让观众惊叫。吉姆则很少说话，除非是跟我搭档演出剧情。

钱总是攒得慢，花得快。我们住在铺着劣质布料床单的下等旅店里，有时得买便宜的隔夜面包，不过，一旦泡在牛奶里，隔夜还是新鲜面包有什么区别呢？小孩子是绝不会觉得苦的。只要睡前他给我读一段书——《金银岛》、《艾凡赫》、《老古玩店》、《王子与侍从》……世界也就足够美好了。

他跟我说，莉莉，有一天等我们攒够了钱，就去地中海的一个小岛上买一座小房子，屋顶刷成橘红色，墙壁刷成粉蓝色，花园里种上蔷薇和海棠。

我说，要一顶大大的水晶吊灯。

好，要水晶吊灯。还要什么？

还要一架很大很大的唱片机。还要养一匹小母马，红鬃的荷兰马。还要一个秋千，架在花园里……

我全心全意地依赖他，崇拜他，爱慕他。

七

八岁，我出疹子，发烧。他足不出户地陪伴我。莉莉，醒醒呀，瞧，这是什么？他从身后刷地亮出一束紫罗兰，转个身，就变成铃兰，再用手臂一遮，又变成鸢尾，再晃一晃，变成风信子……最后他把一束虎皮百合送到我面前，指着斑斑点点的花瓣说，瞧，宝贝，现在你的小脸蛋红彤彤的、斑斑点点的，就像一朵虎皮百合。

莉莉是百合花的意思。我本来头疼得笑不动，为了让他高兴，昏昏沉沉地咧咧嘴。

夜里我哭起来。他就在我身边，被惊醒了，迅速翻个身搂住我。我问他，吉姆，我会死吗？他不断吻我，说，不会的，小南瓜，这只是出疹子，每个小孩都会出疹子，就像换乳牙一样。

我哆嗦着拨开他的衣襟，钻进去，把滚热脸颊压紧在他胸口。他胸口的皮肤光滑清凉。吉姆，给我变一个魔术，把疹子变没，行不行？

他低头亲吻我的发心，说，对不起，宝贝，这种魔术我没学会。我这就去学，不知道还来不来得及。

吉姆，死是什么样的？

我也没死过。据说，死去的人们会坐在天堂花园的苹果树下，喝红茶吃蛋糕，谈论人间的亲属。

你认为妈妈想念过我吗？

这是我第一次跟他提起母亲。

他反问我，你呢，你想她吗？

我摇头。我没办法想她，因为我记不得她，她连一个影子都不是。

如果我当初努力做个更好的丈夫，也许她不会离开？也许咱们会过上更好的日子？

我想了想说，如果我出生时就像现在这么好看，嘴巴甜一点，多叫她几声妈妈，也许她不会离开？

他笑了。身子笑得一颤一颤的，我的脸也

跟着颤动。过了一会儿，我低声说，不，吉姆，不会再有比现在更好的。就我跟你，永远这样，那就是最好的。

第二天他也开始发烧，咳嗽，满身满脸的鲜红斑丘疹。医生笑道，成年人再得麻疹的很少见，他开了两人剂量的药。旅馆老板娘派厨房洗碗的姑娘帮忙照顾我们。她一天三次上来送水、麦片粥、馅饼、橘子，他虚弱地咳嗽，手指在托盘边沿抓一下，摸出一朵白色雏菊，又抖一抖，花瓣里跌出一枚银币，叮地落在托盘上。那姑娘被逗得脸蛋绯红，颤声说，哦，葛瑞芬先生……

虽然眼睛正被结膜炎弄得红肿，但我还是努力斜过眼珠，狠狠瞪了她一眼。

厨娘走后，他支撑起来喂我喝水，吃药。我说，对不起，吉姆，你该把我送进医院，那就不会传染给你了。他笑道，这样挺好，不管发生什么我都陪着你，跟你一起……你现在没那么害怕了吧？

奇迹一般,我第二天就退烧了,第三天已经基本恢复,那刚好是他的病进展到最厉害的时候。他闭着眼睛,身体蜷成一团,弓着背,蓬乱的头搁在枕头上,嘴巴微微张开一条缝,呼吸粗重而不均匀,一只手呈半握拳状,搁在太阳穴旁边。我站在床头望着他。监护人与被监护人的身份好像逆转了,他第一次显得比我还柔弱无力。没人知道那一刻我心中有多激动,仿佛马上要开启一项伟大而甘美的事业,踌躇满志。一种神圣的使命感迅速膨胀、发酵,胸腔像是塞满了绒毛,弄得从头顶到手指尖都痒酥酥的。我心里对自己说,是神灵让我赶快痊愈,好照顾他的。机会终于来了。

那个厨房丫头,我再也没允许她进门,她端东西上楼来敲门,我并不开门,只说,请放在门外。她隔着门问,葛瑞芬先生好些了吗?我得意洋洋地说,不关你事!

这世上只有我有资格照管他。

他数日不能退烧。医生告诉我,成年人

出麻疹，病势往往比儿童更严重。他喉咙疼，用被子蒙住头，拒绝吃东西。我跳上床去，骑在他髋部，双手去扯被子，扯不动。被子上鼓起一个头颅的形状，微微摇动。我厉声说，起来！

人们——旅馆里奇奇怪怪的租客们：皮鞋除臭粉推销员、失业工人、保加利亚寡妇和她嫁不出去的女儿、跑了半辈子龙套的老舞蹈演员、希腊来的流浪者夫妇——对此感叹不已：一个八岁小女孩，独力看护生病的父亲。她母亲在她八个月时就跟别的男人跑掉了（传谣言者总一厢情愿地给抛夫弃女的女人找个情夫），留下父女俩相依为命，流离转徙。才八岁，就那么坚强！……有好几人专程上来探望，表达善意，或是满足好奇心，弄得我不胜其烦。

后来那个保加利亚老寡妇也来了，带着她做的牛腰肉馅饼。

我蹲在远远的房间角落，背对着他们，面对一只大木盆，装作在洗吉姆的衬衣衬裤。他强打精神跟那老女人絮絮说话，没说几句，她就挑明了来意：替她女儿做媒。

我在心里冷笑一声：吉姆才二十七，那个老姑娘都三十五了，瘦得像根鱼刺，还有狐臭！我每次在楼梯上跟她擦肩而过都得屏住气。

……年轻人，像你这样带着女儿四处跑，到底不是个办法。跟你说实话，若是你愿意，我还拿得出一份像样的妆奁……

谢谢您的好意。但我实在没有再婚的意愿。

你早晚总需要个女人吧？我的索菲做得一手好饭，尤其是烤肉圆和焖兔肉。而且我保证，我和索菲都会好好待你女儿，唉，这样好的孩子，没人会不喜欢她……

我听见吉姆衰弱地笑了两声。不不，跟您说实话，除了莉莉，我不需要别的女人了。

莉莉是你女儿，可不是你女人，再说莉莉也需要一个母亲呀。

母亲？您不了解莉莉，她自己就可以既当母亲，又当女儿……她比我坚强多了。她是个小女神。

等老寡妇阴沉着脸离开，我一跃而起，把

自己抛到床上，张开双臂搂住他滚热的脖子。

他疲乏地微笑，眼窝深陷，两个拱起的颧骨赤红。你以为我会答应娶那个有狐臭的老处女索菲？哈，我就再烧高十度也不会犯这个傻。

我说，我当然知道你不会的。我高兴是因为，你第一次这样夸我。

过了一会儿，他说，咱家有两口人就够圆满了，是不是？

我点点头。高热令他的气息格外浓烈，从衣领里散发出来。那就是把我跟世界捆绑在一起的绳索。

又过了一会儿，他轻声说，莉莉，你才是上帝派来跟我相依为命的情人，你母亲只不过是个中间人罢了。我继续点头，下巴一下一下磕着他胸口。时已黄昏，纤细的金色箭矢透过旅馆窗户，纷纷射进来。

我们转过头去，眯着眼睛，看琥珀逐渐融化成无穷橙红色汁液，把人间包裹在里面。

八

九岁那年，我们在一个山坳里的小城暂时落脚。那里对外交通不便，日常娱乐匮乏，人们热爱酗酒、乱交，遍地妓院和私生子。我们的表演很受欢迎，门票价格一涨再涨。父亲在节目里还增加了催眠术，那是他花了一笔钱，在上一个城市向一个退休的老魔术师买来的。吉姆很聪明，跟那老头学了两天就学会了。

我是他第一个练习对象。等从催眠状态醒过来，我发现自己抱着装兔子的笼子，赤脚站在桌子上。他嗤嗤怪笑。

我气恼地跳下来。喂，你问了我什么问题？

没什么特别的。我问你，世上最爱的是谁，想要什么东西。

我怎么回答的？

答案我也早就知道了。最爱的是老吉姆，最想要一所海边的房子，其次是学弹钢琴和骑马……

他耸耸肩。哦，还有，你说你背着我偷偷喝过酒。

我们在那城里度过了凉爽湿润的春天，随后是花开得发疯的夏天。

有一天，他从外边拿回一些印刷品。我一时不慎，脱口说道，吉姆，你……如果真有这个需要，可以去一次妓院，不要紧，我仍当你是个好爸爸。

他像受了侮辱似的睁圆眼睛。年轻的女士，说话注意点！这个我不是给自己买的，是给你买的。

那上面的女人们个个都像是未吃禁果的夏娃。她们本来的使命，是给饥渴的男人们充当虚拟情妇。而由于我天生缺乏母亲这个模板的耳濡目染，父亲得借用纸上的女人做教具给我上一节课。

他给我做出关于地壳变动的预告：一马平川之处将会怎样隆起连绵山脉，荒凉的隐秘峡谷将会如何芳草萋萋，而地表之下又藏着怎样一口湖泊，未来它将会应和月亮，定时涌起殷红的潮汐，如何孕育一团生命……而所有这些又会带来怎样的疼痛，又该如何处理。疼痛无法避免，可那是值得快慰骄傲的痛苦，因为，莉莉，那意味着你成了真正的女人。它们会赋予你阿尔忒弥斯一样美妙的曲线和丰韵。

我永远记得他说这些话时的声调，平静、专注、虔诚，就像描述一座正在营造之中的圣殿。虽然有些内容早已自己揣摩出来，但我还是喜欢他亲口讲给我听。

之后是亚当的部分。他拿来笔纸，一面在纸上粗略地画出构造，一面讲解。我暗暗发笑。笨蛋吉姆，教具不是现成的吗？让我瞧瞧你的不就得了？

他瞟了我一眼，我撇撇嘴，照你刚才说的，我就是从那个地方滋生的，那又为什么不能让我看？

于是他站起身，解开睡裤的系带。亚当暂时恢复成了刚被造出来时的模样。

我严肃地盯着它看了一阵，结论是： 男人

这东西真丑，幸好我是女人。他整理好衣衫说，莉莉，如果别的男人向你露出这个部位，你一定要跑回来告诉我，我会去把他的家伙揪下来。

九

我十岁生日在一个繁华热闹的大城市度过。他挽着我去听歌剧，用镶面纱的帽子、胸前带褶裥的丝绸连衣裙、珍珠项链，把我打扮成一个小号贵妇。又亲手给我编辫子，编好了盘在头顶，用矢车菊形的头饰固定住，就像一个花环。湛蓝水晶矢车菊花瓣，衬着红铜色的头发。在魔术里，我则是他的公主。那几年，我们最受观众欢迎的一个魔术是"国王、公主和魔术师"。

故事总是这样开头：　某国有个愚蠢的王，他最宠信的是年轻的御前魔术师。有大臣上来禀告某省旱情严重。王转头说，干旱？把我最好的消防队派过去。

（人们笑。）

王说： 传膳。铺好的餐桌被抬上来，桌上却只有面粉袋子、生牛肉、一筐生鸡蛋、空酒杯、一串葡萄。

王怒道，我的厨子呢？拉出去砍头！

后面有人说，昨天您的厨子跟王后私通，您已经下令把他扔进狮笼了。

魔术师说，不要紧，陛下请稍等。他用银质餐盘罩子罩住生牛肉，揭开，牛肉变成了作响的热牛排；从一串葡萄里摘下几颗放进杯子，手掌盖住杯子，再打开，葡萄变成了红宝石一样闪光的酒浆；又把面粉从袋子里倒进手心，另一只手捂住手心，再一点点往外抽，抽出来的是热气腾腾的面包。

（这时魔术师多半会把酒杯和面包递给观众，请他们品尝。）

他又把筐里的鸡蛋一个接一个竖着摞起来，圆头顶尖头。问，陛下请挑选，想吃哪一只？

王说，我要最下面那一只。

魔术师小心翼翼地用手托住倒数第二只蛋，把最下面的取出来，再把蛋塔小心地放落桌子上，塔只是晃了晃，并未歪倒。

（人们鼓掌。）

内廷（侧幕处）传来消息：王新得了一位公主。

公主即刻抱来了。她是个搁在柳条篮子里的木头娃娃。王把那娃娃拿起来端详一番，不悦，问魔术师道：有没有能把我女儿变大、变漂亮的魔术？不许说什么"咒语需要等十年时间"，我要她现在就变。

魔术师点头，遵命。他脱下外套，盖住篮子，然后伸出手杖，煞有介事地画一个圈。

外套下有东西在蠕动，一只小手伸了出来，掀开外套，爬出一个红发碧眼的小女孩，面向国王，声音清脆地叫道：父亲。

王端详公主，蹙眉道，亲爱的魔术师，为什么这孩子的样貌有点像你呢？

（人们心领神会地大笑。）

魔术师对公主说，殿下喜欢什么东西，我都可以给您办到。

公主说，我想要鸟儿，很多很多鸟。

他挥挥手，有人拿上来一个空笼子。用黑绸缎把笼子蒙上，手杖点点笼子，再掀开黑绸布，笼子里已赫然挤满了鸟：鹩哥、捕蝇鸟、红斑雀、灯芯草雀、凤头鹦鹉……他打开笼门，鸟儿立即唧唧喳喳地钻出来，在空中鼓翼聒噪。就在它们要四散飞去时，他高高扬起手杖，鸟群居然又飞了回来，在他杖头上空盘旋。然后，他在台上缓缓踱步，它们便随他的杖头向前飞去，像仍被囚禁在一个无形的巨大笼子里，像一片被拴住的彩色的云翳。

（人们热烈鼓掌。）

……取悦国王和公主的魔术，可以不断变换，一直演下去。

愚蠢的国王，愚蠢的世界，在一切混沌愚蠢之中，有一个聪明的魔术师，还有他美丽的小女儿。这几乎就是我们的生活样貌。

只有他才能把这世界变得跟我有关系。而对他来说，世界之所以有趣，也是因为我恰在其中。我快乐得像个公主，应有尽有——吉姆为我营造出应有尽有的幻象。

　　不，那也不是幻象。没有欲望，就不会感到匮乏。除了吉姆，我什么也不想要。在任何有他的地方，我都能安定下来。

　　然而这一年，我们不得不逐渐拉开距离，不能再睡在同一张床上，住旅馆时需要备有两张床的房间。

　　幸好，终究不是两个房间。吉姆怕我独自住一间，会有坏人半夜闯进去。

　　临睡前我总要在他床上盘桓很久。先是倚着他半边身子，听他读书。然后钻进睡衣和胸膛之间那片缝隙，左嗅右嗅，在旅馆床单的陌生气味、肥皂和剃须膏味道的覆盖之下，搜出他本身的体香。我不断深深吸气，直到肺叶像酒瓶一样，灌饱了他的气息，才肯回到自己床上去。那像是一种无声的旋律，承诺或召唤，睡意如约而至。

　　最后，在我已入朦胧之境时，他会过来给我塞被子，将被角掖进脖子和肩膀的空隙里。

　　……一切都是滋味香甜的回忆。他像是能持续向四周发散热度和光，只要他在身边，空气就会变得奇妙，浓稠温和。

有一大半的我，满足于两个人的日子、永远不必停歇的旅行，滚石不积苔，没有束缚。而另一小半的我，时而想象一下另一种相反的常人日子。乘坐驿车时，路过一些小小的村庄，石楠花像浪尖的白沫一样，浮现在灌木丛的绿波之中。可以看清那些乡村家庭，门前种植苹果树，院里趴伏一条大狗。偶尔有一闪念，想到：如果我也拥有那样的家……

有时有人想邀我们进入他的生活，成为朋友，见面、吃饭、饮酒、闲聊。他们对我和父亲投来好奇的眼光，在他们眼中，我和吉姆是居无定所的可怜虫。在我眼里，这些人才可怜呢——处处都能感受到他们那勉强度日的冷淡情绪、支持着不倒下去的倦怠；妇女们穿着得体的衣服，得意于颈上手指上有钻石的闪光，热心谈论孩子和丈夫，那种甘心自觉把一生献给别人的神情，让人不寒而栗。

我和吉姆，我的魔术师父亲，像是在河岸

上缓缓走着,水流经河床奔流向前,所有的水花和波纹似曾相识。偶尔蹲下去,将手浸入水中,一旦抽出手来,水渍很快就干了。我们永远是旁观者。

那么多男人的面容和神情,让室塞的生活磨平了,眼珠转动都慢吞吞的,像被过多的油脂涩住了似的。到最后他们的长相都变得相差无几。吉姆却永远韶秀着,神采飞扬,身材瘦长如发育中的少年。他就像是个难解的魔术。

驻留过的城市、小镇、村庄、柠檬树林、色彩缤纷的花田,在回忆里呈扁平状,缩水、干瘪了,成了舞台布景,成了夹在书页里的明信片。那些有过数面之缘的人,则像摘下来的花朵一样,很快就凋谢,消逝了香气。

唯有他才是永远生机勃勃的花园。

十

直到十二岁,父亲还会陪我洗澡。我喜欢浸浴,只要财政状况允许,我们总会租用有盥洗室和浴缸的旅店。通常是我躺在浴缸里，他坐在浴帘外的四脚凳上，跟我一起做小报上的填字游戏、趣味测验题。

他在我撩水玩儿的哗哗声中扬声念道，假设你走到一个幽深森林中，遇到了第一头动物。按直觉，你认为会遇到哪种动物？

那阵子我正迷恋希腊诸神，每晚睡前他会给我读一个希腊神话故事。我说，潘神。

潘神是神，又不是动物。

他长着羊角羊蹄子，有一半是动物嘛。你呢，吉姆？

他想了想说，鸟儿，在森林里见到概率最大的当然是鸟。

簌簌翻页的声音。他念出下一页的答案：这种动物就是你的爱人的象征。

我们都沉默了一阵。我喃喃道，这道题目真准，她确实是像鸟儿一样飞走的。

作为报复，他说，你会爱上潘神，那是什么意思？你会被他逼得跳进河里变芦苇吗？

十二岁零九个月的时候，我走进浴室放水，父亲回卧室床头拿报纸。我静静坐在浴缸边沿上，听着门外他的足音逐渐靠近。门被轻轻一推，没有开。

是我揿下了锁。

门外一片安静。我轻声说，哎，老吉姆，晚饭我想吃桑葚布丁。

他只怔了两秒，就说道，是的，公主殿下，我这就去买。

我听着他的足音噔噔下楼，无声地松一口气。从那之后，他不再陪我一起洗澡。

这是头一次我对他有无法讲明的话，好在他迅速地理解了，这就令我们反倒多了另一种交流的途径。

随之而来的是伤感，和替他伤感。我开始需要私密的空间了。本来我换衣服的时候他从不回避，那天以后，当我在房间里脱裙子，他迅速转过身去。

一个与吉姆截然不同的女人，正从原本性别模糊的肉体中逐渐化生出来，犹如维纳斯诞于海水泡沫中。岁月一锤一锤地，把楔子钉进来。他曾预料过的一切变化，都将会把我跟他越推越远。

就像我海拔渐增的胸部，令我和他的搂抱再也无法亲密无间。

我不由自主地想要补偿他，花更多的时间陪他说话，小心翼翼地取悦他，跟他撒娇，更多的亲吻脸颊，睡前更长时间的依偎、读书。用相似的材料填充楔子造出的空当。我猜他是有些难过的，但他也怕我因为他的伤感而伤感，于是益发装得若无其事……瞧，都怪那可恶的楔子，我们从那时候起，开始互相猜测了。

十一

十三岁。我十三岁生日那晚，他陪我喝了一杯孟买蓝宝石金酒，用餐巾把酒瓶盖住，掀开，瓶子变成一个包着粉红皱纹纸的礼物盒。打开盒子，盒底是一件束胸衣。这一年，我的血液开始呼应月亮涌起潮汐。我的个子已经长到他肩膀处，演出服隔几个月就紧绷绷的，需要定做新衣。

他从我不停更换裙子中得到灵感，设计了一个"更衣室"小魔术。道具是一个两人宽、一人高的柜子，中间用木板分隔，两个穿不同衣裙的女孩（一个当然是我，另一个通常是临时从剧院或舞团雇来客串的女伶）笑吟吟走进去，分别站在两边。柜门关闭，再迅速打开，两人的衣服鞋子已经互相换过了。

到后来，他做到两个姑娘的发型也可以互换：左边女孩的头发梳起繁复的数根发辫，右边女孩则把长发束在头顶盘成高髻。柜门关闭，再打开，发辫到了右边人头上，左边人的头发则成了高髻。连髻上的红宝石蜘蛛发饰都爬到了左边。

观众们都喜欢这魔术，他们嬉笑着，纷纷举手要求上台去。男人跟老妪的衣服对换，政府小吏跟他情妇的衣服对换，贵妇与少女的衣服对换，甚至母亲与儿子的衣服对换，每次"更衣室"的门打开，台下都会爆发出快活的笑声。

父亲跟我开玩笑说，莉莉，将来总有一天我会连人头都能换。

那时我没想到那"总有一天"真会实现。

十二

十四岁。我们走过的城市已有二十多个。父亲的技艺日益精湛，"葛瑞芬父女"的名头开始变得响亮，在每个戏院剧场都收获赞誉。这年我们开始接到一些私人宴会的邀请，给阔佬们表演餐后余兴节目。

那一年我开始发胖，像面团发酵起来似的。我和吉姆有史以来第一次争吵，发生在十五岁生日前那个晚上。他从外边回来时，我正在试穿刚取回来的新裙子。

他瞟一眼就皱起眉头。为什么做了一条黑裙？咱们永远用不着参加葬礼。

我继续在镜子前边端详自己，扭身看看后面，再扭回来。黑裙子能让我看起来瘦一点。

这裙子多难看！去，换回那件粉红色的。

你没必要穿黑衣服，你根本不胖。

你只会骗我。这半年我的腰围涨了七厘米！

你在发育，这是青春期必然的过程。再说，我认为你这样也很好看。

骗子！我重重地坐在床沿。晚上的表演我不想上台了。你另外找个助手吧。

为什么？

我这么胖，观众发现门票钱里还包括看这个丑胖妞，会抗议退票的。

他看了我一眼，站起身把帽子拿在手里。好，那我现在就去找芭蕾舞团的老板，让他给我推荐一个舞女。

我叫道，看！你心里其实也嫌弃我又胖又丑，是不是？你也认为我现在不配站在你身边，是不是？

他的眉毛终于打起结。瞧你现在这个样子！想想你小时候，多懂事，多乖巧，多可爱。

我更讨厌听到这样的话。

一整天的时间，我们一句话也没说。晚上演出之前，我不情不愿地舍弃了黑裙子，换上另一套新演出服，算作和解的意思。

没想到他还是不满意。脱掉！拿回去让裁缝把胸口缝高一些！你又不是卖肉的站街女……

"国王、公主与魔术师"中，原本有"魔毯"表演，毯子载着公主飞在半空，从那一年开始，因为悬挂毯子的隐形机关无法承受长大长胖的公主，他不能再表演这个节目了。

十三

十五岁。我总算逐渐瘦下去，又长高了两厘米。

十四

十六岁。当我把手插在他臂弯里外出时，开始被错认成一对年轻夫妇了。哦不，莉莉是我女儿，是我的小天使……

他为新的腹语节目订制了一个玩偶。半人

高，男孩模样，穿白衬衫和黑丝绒背心，皮革马靴，黑头发，黑眼睛，脸颊上有些雀斑，一副憨傻不可靠的样子。

节目开始时，他先出场，扮演的身份几乎就是他自己：一个坐在餐桌前的父亲，等待女儿第一次把准女婿带到家中来。我与木偶一起上场，在餐桌前坐下。木偶拘谨地鞠躬，开口说道，葛瑞芬先生，见到您很荣幸……

演完这一场，我们在休息室整理道具。我半开玩笑地说，喂，吉姆，你为什么把木偶做成这样？在你心里，我就该配这种傻乎乎的乡下木头疙瘩小伙子？

他转过身来，为回答这个问题特意认真打量我几眼，说，当然不是，小南瓜，在我心里没人配得上你。

我拉着吉姆走到化妆镜前，手插进他臂弯。他在看镜子里的我，我看着镜子里的两个人。

镜中的男人，像银器用久了发乌似的，两颊略现松弛，嘴角处挂下褶痕，但秀拔的身姿仍无可比拟。

我喃喃道，没人能配得上我？……除了你，是不是？

直到这时，我才第一次正视我跟吉姆的关系。我们是父女。父亲，女儿。不管父亲这个字眼在我舌尖上滚动时是多么陌生，不管我怎么故作老成地叫他吉姆，他都只是个父亲。

从伦理、逻辑或任何角度，最终陪伴我的、亲密无间的都不该是他，也不会是他。

我可以挑选任意一个男人结婚，共度余生，唯独不能选吉姆。

我悄悄订制了一套男式衬衫、长裤，又配上皮鞋和礼帽，打扮成一个瘦削少年。

吉姆，好看吗？我讨好地掀掀帽檐，又挺起胸，晃晃肩膀，做了几个夸张的男人式动作。

我担心他会像看到我那套黑裙子一样，皱眉说"多难看"。谁知他露出复杂的神情，呆呆盯了一会儿，柔声道，小南瓜，你穿什么都漂亮。

出门去咖啡馆吃饭之前，他问，你不要换衣服？我说，我就要穿着这一身。

他不出声地点点头。

走到街上时，我下意识伸手挽住他手臂，又醒觉自己现在是个男孩，缩回手来。他瞥我一眼，半是好笑半是奇怪，脸色里有一种"虽然不理解但我会纵容你"的宽厚。又低声说，你这模样，倒跟我年轻时很像。

我小声说，你现在也很年轻。

他会明白吗？这样做，只因为我不想被女性身份推远。有好多晚上，我忿忿地抚摸自己的乳房和胯下。如果我是个男孩，我就能永远光着身子跟他一起洗澡，给他看我任何一处生理变化……我甚至讨厌自己的红头发和绿眼睛。那是母亲的遗物。我想要跟他一样的栗色头发，蓝眼睛。

但到了登台的时候，我还是不得不换上裙子，剧院经理说，人们想要看到魔术师有个漂亮的女助手，而不是一个打杂小伙计一样的男孩。

我已经开始怀念那些无知无觉的年岁。我紧密地偎在他身旁睡去，探出一只手或一只脚尖碰着他身体，以保证至少有极微小的一块皮肤紧挨着。心灵的快慰安宁和美梦，就维系在这一平方毫米的接触上。

对我来说，他一直是健硕、美丽、幽默、神通广大、有求必应、温柔与热情的结合体，半人半神。他是灯塔。他是生命的魔术师，把我从虚空之中变出来，又为我施了变大变漂亮的魔术。他是世间最好的男子。

这当然是孩子幼稚的迷信。但认识到伟大的父亲也是肉体凡胎，比矫正自己的错误信仰更痛苦。雪白密集的牙齿逐渐发黄，脂肪开始在腹部堆集，皮肤的光泽日渐黯淡，肩膀也不再挺拔得那么带劲儿了。他表演魔术的时候，手势已经不如从前优雅，迅捷。有好多事，他忘记早就给我讲过，又兴致勃勃地再讲一遍，我必须装作第一次听到的样子，哈哈大笑，那真让人烦躁又难过。

任何秩序都并不坚如磐石。总有水滴石穿那天。我们正一点一点互相失去。无法挽回。

因此十八岁那年生日，我的生日愿望是：时间，请你停下来！我不要吉姆再变老，我也不想再变大了。

不过从没有人的生日愿望能真的实现，我知道。

冬天，吉姆和我离开某座城的前一晚，有人为我们开了一个告别舞会。作为主角，他挽着我走下舞池跳第一支舞。乐曲欢快地起飞了，音阶像灵巧的脚尖在空中踢踏。他捉着我的手，让我急速地旋出去，再把我拽回他怀中。我的腰被揽着，上半身猛地往下倒去。白色晚礼服的裙摆带起一阵阵的风，我笑得像痉挛似的停不下来。

他的身手比起别的男人来仍显得轻捷漂亮。我悄声说，这舞倒真像你的魔术，我是你从笼子里放出的鸟儿，飞出去，再飞回你手里。

乐队奏起一支慢板曲，舞池里的人们步伐

缓下来，就像风停了。我贴着他身子，手臂扶
在他腰间，悠悠旋转。同时发现：他的腰比从
前粗了好多，是胖了吗……啊，不是胖，是肌
肉松浮了。

十五

十九岁那年夏天，我和父亲来到一座海边
小城。

那城是著名的度假胜地，该国有头脸的贵
族们都在此地拥有自己的消夏别墅。我们在城
中第一场表演，增加了"与镜中人共舞"，是
吉姆受那场舞会的启发，新创出来的。表演时，
他揭开一面巨大镜子的幕布，镜子在台上旋转
一周后，里面凭空出现一位穿白色晚礼服少女
站在镜前的身影。她深情地望着他，向他微笑。
他把镜子停在侧放的位置，躬身施礼，意示邀请。
于是在一条线似的笔直平面里，那少女的手缓
缓探进空气，白色裙摆也飘出来。他拉住那只手，
一点点把她从镜中引出来。她好奇地四处张望

镜子外面的世界。欢快的音乐响起，他跟她跳一支舞，再依依不舍地把她送回镜子里。

演出非常成功。几天之后我们收到邀请，到一个寿宴上去表演，主人点名要看"与镜中人共舞"。

下午，我们带着几箱道具到达那所宅第。那是一座庞大、线条温和的建筑物，整体是富于诗意的灰色，常春藤缘墙而上，深深浅浅的树影投在屋顶和庭院里。主人夫妇出门参加聚会去了，要到晚宴前才回来。有人给我们端上茶点。吉姆挽起袖子擦拭配件，组装道具，测试机关是否灵便。

我无事可做，到处溜达。堂皇的大宅里十分安静，好像所有的人和狗都睡着了一样。走到二楼时，忽有一阵隐约的音乐传来。源头就在走廊尽头。

那根丝线一样萦绕在空中、绵绵不断的声音，像是一根无形的套索，准确地套住了我的脖颈，把我牵引过去。我虚起足踵，循声穿过走廊，在一扇房门前停下。

我从未经历这样屏息凝神的时刻。把门推开一条缝隙，就看到一个人背对着门，面向窗户，正在吹一管长笛。

午后的光芒把他上半身裹住，耀眼的光晕里，那个边缘模糊的影子前后微微摇晃。旋律持续流泻，吹笛人颀长的背影偏侧了一下，能多看清一点了：原来在他头顶灿灿发光的不止是阳光，还有一蓬打着卷儿的金发；几只白皙的手指头在笛身按键上腾跃、回旋、揉动。

曲子盈满了整个房间，裹挟天光，向云霄上升。我的眼睛一点点湿润，双手捂住胸口，那儿被笛声穿透了一个洞。

吉姆曾不止一次带我去看《暴风雨》。如今那剧的戏词在心中欢快地复活——荒岛少女米兰达第一次见到腓迪南王子时感叹道：他这样美，一定是个精灵！

紧接着出现在脑海中的，则是米兰达的暗自祈求：这是我一生中所见到的第三个人，而且是第一个我为他叹息的人。但愿怜悯激动我父亲的心，使他也和我抱同样的感觉才好！

在幻觉里，窗棂格格震动，墙壁从顶棚开始裂缝，一切荡气回肠地消融、崩塌。一个猜了十九年的谜语揭晓，谜底原来是这个。我在森林中遇到的潘神，是个长笛手。

笛声停了，他转身朝我微笑，露出两颗尖尖犬齿。这是第六日，神看这是好的，事就这样成了。

这人叫伊斯多，比我大三岁，是本地管弦乐团团长的次子，自幼有天才之名，七岁就开始登台演奏，精通长笛、小提琴。那天，他是和姐姐代替父亲出席宴会，并要给这位贵人演奏专门创作的祝寿曲。

我看见他的时候，他正最后一遍练习那首曲子。

后来，他又专门为我演奏了很多次，每首曲子都不同，他说那都是为我写的，有一首献给红头发，有一首献给绿眼睛，一首献给会变魔术的纤手，一首献给浆果一样的嘴唇……

他扶着笛身那只手，手腕与手背接壤的地方，凸出一块圆溜溜的小骨头，就像皮肤下边藏了一颗石子；按键的手指用力时，手背上的指骨也时隐时现。若是他挽起袖子，还能清楚看见小臂上修长的尺骨。我总忍不住走神去看那些秀丽的骨头，所以总没法专注听完他的曲子。

十六

出于下意识的判断，我觉得这事还是暂时保密为好。每次从跟吉姆形影不离的生活里偷出时间来，与情人相会，感觉都像是一次变节。

几场大受欢迎的魔术表演之后，"葛瑞芬父女"一时成为城中红人。请魔术师到沙龙上来，讲讲在各国各城市间漂流的故事，再变几个小小戏法，这成了上层人士圈子里的新流行。

浑身洋溢神秘魅力的吉姆颇得贵妇青睐，对比她们的年龄，他仍算是年轻男人，而且英俊、新奇，像远方海上吹来的风。至于我，年轻小姐们给我取了个绰号叫"Magic Ginger"。我负责令魔术表演多一点赏心悦目之处，算作个小小添头。

只要伊斯多听说沙龙女主人打算邀请葛瑞芬父女，他总会撺掇姐姐跟他一起赴会。苹果变鸽子、葡萄变酒、塔罗牌算命（她们总觉得魔术包含一切玄乎乎的东西），再来几回简单的催眠术，我就可以安静坐着，向房间另一头的伊斯多含情凝睇了。

沙龙结束之后，我总会对吉姆说，你先回旅店，有位姑娘请我陪她一起去蛋糕店。他从不疑心有诈。

我变得懒洋洋的，喜欢呆坐怔忡，像反刍一样，把跟伊斯多说的每一句话在脑中重放、回味……说实话，深陷爱河这种事，实在太耗费精力，把我弄得头昏眼花，要不然我早会察觉到吉姆日益精神不振，乏力，气喘。直到他第二次推掉夜间表演，我才反应过来，而这时他已经咳嗽快一周了。

那时是我们到达这个城的第二个月。医生确诊他染上了慢性肺炎，虽说并不严重，但也需要更舒适的环境静养。剧场老板心眼很好，他来旅店探望过后，就给他的好友、一对阔佬夫妇写了封信。那对夫妇立即表示，非常欢迎魔术师父女搬到他们海边的公馆小住。

坐在车里，我的眼泪掉了一路，既生自己的气，也生他的气。当我抹着泪质问他，为什么身体不适不告诉我，他又显出小孩被母亲责备时的委屈，说，我一直以为是感冒……我和他已经很久没出现这种情形了。

但这愧疚并没持续多久。一切安顿好之后，他靠在床上向我微笑，说，陪病人很闷的，你没必要总待在这儿。出去玩玩吧，这些年你都很少有点闲暇时间，也没交到几个朋友……

我立即想到伊斯多。天哪，感谢上帝，我可以整天整天跟他待在一起了！

莎士比亚的诗说：

　　我要把他当一本书来仔细阅读，研究其中的字句。

　　那里贮藏着一切具有深意的、人世少有的欢娱。

　　如果说学问重要，

　　我要求的学问就是完全了解你。

　　接下来的两个星期，我所做的就是详细具体地研读伊斯多这本书。

　　……伊斯多，他说，这个名字来源于希腊语，意为埃及女神艾西丝的礼物，象征爱情和自由，公元一世纪时，塞维利亚有一位叫伊斯多的大学者，对语言学和音乐都做出了杰出贡献……我爱慕地看着他，唉，他嘴唇和腮边肌肉不断运动、发出声音的样子，多美！那双唇比红酒还要红。那两只白得发青、花朵似的手，打出优美的手势，像音乐一样流动。谁还在乎他讲了些什么？上帝保佑，请让他一直这样讲下去吧。

　　爱情和自由，我同时享受到了这两样东西，

几乎要昏眩过去了。

　　每晚，我和伊斯多在通往海边公馆的路上分手。我目送他的背影消失，一转过身，心中立即被吉姆的影子填满了。只在那短短一刻，对父亲的歉意压倒了对情人的爱意。我每次都会用尽全身力气飞跑起来，双手提着裙摆，没命地跑，仿佛要用折磨自己的法子减轻愧疚。

　　起初他并没觉出异样，只以为我在沙龙里确实交上了不少同龄的朋友。不管我回来多晚，他总会撑持着等我。我在床边坐下，脊背上流着汗，尽力摆出一个看上去不心虚的笑容。

　　玩得快活吗？宝贝，你满头都是汗。

　　我用力点头，真诚地点头。

　　他忽地挤挤左眼，嘴角含笑。每次我看到这个表情，就知道他有新魔术给我看了。床边放着两瓶咖啡色药水，一杯清水，他平伸两只手掌，遮住瓶子和水杯的下半部分，撒开手掌，两只药瓶已经空了，杯子里的水变成了咖啡色。

这是怎么做到的？我问。

他说，还是用了"更衣室"原理嘛，我说过有一天我会连头脸都能换。

等到那一天，别忘了先帮我换一对跟你一样的蓝眼睛。说完我俯身吻他，道晚安。

日子像手脚伶俐的小偷飞跑过去，我不知道吉姆是什么时候开始觉得不对劲的。我狂热的脑袋里只剩下伊斯多，我只想看着伊斯多，倾听他存在的声音。如果视野里没有他，所有景物都成了黑白色。

十七

某个黄昏，他剥除了我的衣裙，像剥开果实的外皮，露出未见过天日的雪白果肉。

我哭了出来。泪落如抛沙。伊斯多慌得手足无措，其实他高估自己了，这副眼泪才不是为他。而是为吉姆。

小时候，那无忧无虑的小时候，我绵软得像一朵棉花糖，他一只手就能托起那轻盈的身体；他给我洗澡、更衣、喂食，脱掉睡衣换裙子，撑开鞋口套到小脚丫上，拌着苹果泥、香蕉泥的燕麦粥，一岁、两岁、三岁，开始时的记忆是混沌一片，后来我逐渐记得了，那珍重的触碰，温存的指尖、天鹅绒似的掌心、魔术师特有的灵巧双手……

每一寸皮肤都经过他上千次的打磨、抛光，每一绺肌肉都吞食了无数他的供给。如今一个金发小子轻易就抢了去，尖锐的犬齿不客气地在凝脂上咬出红印。

我深深感到背叛了他。是我开门揖盗，偷走了我自己。我太了解他，我知道他会有多痛苦。对痛苦的同情比痛苦本身更深重。长久以来他一无所有，只有我。他错在把过多爱意种植在我身上，爱我胜过所有世间的丈夫爱妻子。

如今我变心了。这简直像挖走独眼人仅余的眼珠一样残忍。

那些孩子气的、"我跟吉姆永远在一起"

的话，就都如同海上的泡沫了吗？都只是长夜
里的梦呓么？所有因承诺而在胸口汹涌的激动，
就全无意义？

可这种背叛和逃脱同时又多么甜美。十九
年的旧生活立刻显得陈腐无味，像是亟待褪去
的蛇皮，它处处开绽，已经包裹不住注定要饱
胀的欲求。

伊斯多不断叫我的名字，莉莉，我的小花
蕾。那张清甜的脸全是迷惘。

我两眼含泪，应和身旁的呼唤。最后用自
觉的镶嵌，完成这次叛逃。

那滋味……我曾想象过多次的滋味……就
像剑鞘找到丢失的剑。就像长久对着一面雾气
蒙蒙的玻璃窗，终于有一只手抹去了雾水的膜，
原来窗外的天这么晴啊，可以看到很远很远地
方的山和云，一切景致都清晰又透彻。

那是一次抵达，真正的、最终的抵达。生
在魔术箱子里的婴儿，沿着河道漂流，漂流，
终于在一处芦苇丛里停泊，靠岸了。到达了。
伊斯多的手抱起我，认领我，永恒地改写了我

一个人的文明史。

但我止不住地泪如雨下。

由此，我真正恨上了吉姆。为什么别的姑娘都能自然快乐地踏进这个阶段，唯有他要让我陷入这种境地？

那晚我回到借住的公馆，走到门口才发现，吉姆正靠在门口的墙上等我。

他当然什么都看见了：我和伊斯多在路口的依依惜别、拥吻……

天光早就耗尽。宅子里有灯，幻觉似的微弱的光映在他脸上。他定定地瞧着我，眼睛像是进了沙子似的不断眨动，竭力掩饰目光中的气愤、绝望。

我六神无主地站着，手脚冰冷，动弹不得。

我知道他在看什么：另一个男人在我身上留下的痕迹。被揉乱的、不顺滑的发丝，颜色蹭得不均匀的唇膏，绯红的脸颊，脖子上依稀可见的血痕……我甚至错觉他的视线穿透了我的裙子，看清了布料遮盖之下，那个伊斯多创造出的新伤口。

另一个声音在心底却说，嘻，他有什么资格这样愤怒呢？你已经十九岁了，你完全有资格找个好丈夫，结婚，成家。难道他真妄想能像拴小狗一样，把你拴在身边过一辈子？难道你真要终身做他的小母亲、小情人、小女儿？

我挪动双腿慢慢走近他。他掉过脸去，不给我跟他对视的机会。

我怯生生地轻声说，进去吧，父亲，怪冷的，你还没彻底好呢。

令人难堪的沉默，犹如饱含雨滴的云停在头顶。

他在微微哆嗦，像一盏风中的灯火。

我以为他会问"那男孩是谁"，或是"为什么你不告诉我"。

而过了很久，他只说了一句话：为什么叫父亲而不是吉姆？你有十多年没叫我父亲了。

十八

我们搬回了旅店。这一次，他要了两个
房间。

其实这是必将来到的终结。表演终于到了
尾声，观众还留在座位上，但已经开始打哈欠，
系围巾，扣外套扣子。他也许预想过这一幕，
但告别和决裂来得太突然了。

他像是个刚经历过截肢手术的病人，努力
寻找新平衡，无法适应，跌跌撞撞，不断撞翻
东西，情绪沮丧，精神颓唐。我觉得自己像咬
了农夫的蛇，愈发怕见他，每天早晨在他起床
之前就溜出去，晚上才回来。他也并不约束我。

伊斯多呢？他自我感觉像个英雄——阴郁
自私的父亲造了一个城堡，红发女孩自幼被束
缚在里边，赖他搭救，终于呼吸到外面世界的
自由空气。

接下来更重要的工程，是清除父亲对我的
"洗脑"，如同祛魅。

他总找机会贬低吉姆造成的影响。比如，他毫不留情地评论我的发型：你怎么还梳这样的辫子，只有小女孩才梳成这样。

吉姆一直喜欢我的辫子。再说，我们的海报上……

你是大姑娘了，又不是小娃娃，没必要听他指挥。从来不穿低胸的裙子和黑皮鞋，也是因为他不喜欢？……唉，你的生活里挤满了"让吉姆喜欢"，可怜的小花蕾。如果他不喜欢，他会跟你发火吧？

我又一次替吉姆感到轻微的受辱。别胡说，他绝不可能对我发火，他从来没跟我说过太重的话。

哼，在他眼里，你就是任他装扮的傀儡……

伊斯多只有谈到假想敌吉姆的时候，才会暂时失去音乐家的优雅从容，变得冷嘲热讽，有时还会忽然激动起来，抓着我的肩膀摇晃。莉莉，你不可逆来顺受！你要离开他的桎梏，他的专政，他那无所不在的控制！

他要像剥掉我的衣衫一样，剥除吉姆的阴

影，剥出一个"原本的"、清白无辜的莉莉·葛瑞芬。我只能保持沉默，不然怎么样，难道为了吉姆跟情人吵一架吗？

数日之后，我独个儿到一个茶会上去表演。伊斯多在聚会即将结束时现身，我们在后园里相拥，他笑吟吟的，满脸是打赢一场战役后的自得，吻着我的脸颊，说，我的小花蕾，一切都解决了。我刚跟詹姆斯谈过了，谈了一下午。

我感到血涌向脚底。什么？你跟他谈了什么？

谈咱们的未来啊。别怕，我们没有决斗，没有人流血或受伤。我们达成共识了！他已经答应我，让你留下来，留在这儿，跟我在一起。

那他呢？他也留下来吗？

当然不。半个月之后他会做最后一场演出，然后就去下一个城市。

我一路狂奔回旅店。推开吉姆的房门，吓了一跳，房间中心多了个绞索架，他正用绞索把自己吊在半空，双手握着绳套，一时没法说话。

我咬住嘴唇，等待他费力地扬起手臂，揪动机关，扑通一声掉在地上。

我满心是安慰他的话，都堵在喉咙口，问的却是：你在练绞索逃脱？逃脱术是你以前根本不屑表演的玩意儿。

他转过身去，装作调整吊索的绳环，说话声调明显在赌气。哦，我想体会死里逃生的感觉。

我意识到，我开始厌恶他这种永远去不掉的孩子气。

伊斯多……他说他跟你谈过了。

你的小情人先生？是，他说了很多大有道理、我无法反驳的话，我答应他，不会妨碍你们创建新生活。

那一刻我几乎心软了。我说，吉姆，如果你坚持……

他的声音突然垮下来。别说了，莉莉，亲爱的。我的小南瓜，你知道我永远会满足你。我的公主，你想要什么，这世上任何东西，我都会想办法给你变出来……过来，让我抱抱。

我顺从地走过去。他亲吻我的额头、头顶，嘴唇沿着发线的航路穿行，最后泊在发心。热气穿透发丝到达头皮上，酥痒的感觉传遍全身。

他凄切地说，小南瓜，我爱你。

我僵硬地靠在他胸口，才短短几天，他的拥抱已经让我觉得不自然。

在肢体动作就要变得难堪的时候，他停了下来，双臂软软地下垂，向后退了一步。然后转过身去。

十九

接下来的半个月，我几乎没见到他几面。有时去敲门想跟他说说话，他只肯打开一条门缝，不让我看见房间里的新道具。

我问，要我帮忙吗？

他带着难以揣测的冷漠，说出像是开玩笑的话：我认为你现在最该考虑的，是婚礼地点、宾客名单、宴会菜式，以及拿什么捧花——来一束虎皮百合，怎么样？

这种急就章的冷淡其实很虚假，一眼就能看穿。他努力抑制自己，不表达出一丝一点宽恕、谅解的善意。

我只好这样想：这是他最体贴的地方，他知道如果由我主动做出冷漠的态度，会难过得不得了，所以他要替我做这件事。

我没法违背他的心意。

演出前一晚，伊斯多所在的管弦乐团有一场演奏会，我们从音乐厅出来，又被他朋友硬拉着去参加一个午夜降灵会。回来的时候，我想了想，走到吉姆房间门前，握住门钮，试着旋转。

铜钮无声转动，门开了。他没有锁门。

我轻手轻脚地走到床头。

他侧躺着，朝上的那边脸颊有点塌陷，毕竟是中年人了。我屏息俯视他，想伸手替他拢拢额头上的头发，又制止了自己。他睡得很熟。两片薄嘴唇有节奏地微微蠕动，我知道那是因为他的舌尖正在口腔里卷起来。

屋里有股不大好的气味，像是放了什么不新鲜的东西。我下意识地翕动鼻翼嗅了几下，猛的明白，那是他的体味。

不知从何时开始，他身上那让我着迷的清香，已经像水果变质一样，成了陈腐的中年人气味。忽然我对自己的处境感到一阵尴尬难受，就像赤脚踩到又软又黏又滑的东西。

象征少年的鲜美黎明即将到来，光线被兑得越来越淡，他却只身被抛弃在夜的暗影里。我抬手捂住嘴巴，捂住饮泣，胸脯剧烈起伏。

最后一场演出安排在海边的半露天剧场，那剧场有数百年历史，是前前前任治城者留下的政绩之一。剧场的屋顶呈贝壳形，一串长长的石头台阶延伸到海水之中，犹如女神的裙裾。

我们表演了所有最拿手的节目，"国王、公主与魔术师"、"空中悬浮"、催眠术、"与镜中人共舞"……

当演到"绞索逃脱"的时候，我用铁链一圈圈捆住他的手脚，用铁锁锁好，然后退到一边。

他把脖颈送到绳套里面，蹬开椅子，悬在半空。

帘子放下来了。灯光照在帘子上，可以看到一个吊在空中的黑影，正扭动身躯。阴险的弦乐配合着，颤动在空气里。

我心中倏地浮起一个非常可怕的想法：他会不会真打算自戕，死在这一晚？……

三十秒时间。到了最后十秒，观众们一起倒数：十、九、八、七、六……

我攥紧了拳头，冰冷的指尖压在手心里，几乎想要不顾一切地冲上去，抱住他的腿，把他放下来。

三、二、一！帘子在最后一秒飘落，就在同时，他从绞索架上坠下来，重重跌在台子上，一声钝响。

我的心也像是跌落了。那一秒长得没有止境。哗啦一声，铁链子从他身上滑落下来。他倏地翻身，矫健地从地上弹起来，面向观众挺身站好，平平展开一只手臂，另一只手按在胸口，躬身施礼。

台下响起掌声。

二十

最后一个节目是"更衣室"。新造成的巨大道具柜被推上来了。照例要邀请一个观众上台。他扫视一圈高举手臂的人们，目光定在第一排，微笑着向某个人伸出手掌。

他点中的是伊斯多。

伊斯多站起身，显然有些意外。我在台上投去鼓励的眼神，心想：千万别拒绝，最后一次，就依他一次吧……

他走上舞台，看看我，又看看吉姆。吉姆指示他站到柜子左面的格子里。我在台心做了几个伸展手臂、挺胸、踢腿的动作，正要跨进右边格子里，吉姆拉住我，将我拉到一边，自己踏入柜子里。

他向我挥挥手，微笑。

这一幕有些熟悉——哦，对了，他曾给我讲过，我母亲就是这样，走进魔术柜，从此再没出现过。

我心头再次涌起奇特的不祥之感。但柜门已经"砰"的一声关上了。

没工夫多想下去，我保持笑容，推动柜子转动一圈。

然后抓住木头把手，打开柜门。

舞台溢满光芒。光芒刺眼。有一个男人慢慢跨出来。

只有一个人。

有一边的格子是空的。一个人不见了！……

走出来的，是个非常年轻姣美的男人……然而他既不是吉姆，也不是伊斯多。那张脸完全是陌生的。我从没见过他！……

可是再多看几眼，我忽然认出来了：那是十九岁的吉姆与二十一岁的伊斯多的合体。

两张脸，两具身体，两个人拼接到了一起：那身材瘦长得像发育中的少年。肌体新鲜，气息香甜。满头蓬松金发，蓝眼睛宛如夏日海水，洋溢教人一见难忘的热情。双唇比红酒还要红。颧骨和额头光洁如同瓷器。

　　一个怪物。

　　怪物向我莞尔一笑，露出两颗尖锐犬齿。那笑容令我浑身哆嗦，站立不稳，几乎要瘫倒在他脚下。

　　不是情人，也不是父亲。既是情人，也是父亲。就像一半人，一半野兽的潘神。妖异和欲望的合体。

　　它踏着优雅的碎步走过来，口吐人言，低声呢喃：莉莉，小南瓜，我的公主，我的小花蕾，我不是说过吗，无论你想要什么，我都会想办法给你变出来。好了，现在一切都解决了，我们会永远在一起，只有我们两个人，我，跟你。

图书在版编目（CIP）数据

荔荔/纳兰妙殊著.-上海：上海文艺出版社.2017.4
（小文艺·口袋文库）
ISBN 978-7-5321-6243-7

Ⅰ.①荔… Ⅱ.①纳… Ⅲ.①中篇小说－小说集－中国－当代
Ⅳ.①I247.5

中国版本图书馆CIP数据核字（2017）第047672号

发 行 人：陈　征
出 版 人：谢　锦
责任编辑：韩　樱
封面设计：钱　祯

书　　　名：荔　荔
作　　　者：纳兰妙殊
出　　　版：上海世纪出版集团　　上海文艺出版社
地　　　址：上海绍兴路7号　200020
发　　　行：上海世纪出版股份有限公司发行中心发行
　　　　　　上海福建中路193号　200001　www.ewen.co
印　　　刷：山东临沂新华印刷物流集团有限责任公司
开　　　本：760×1000　1/32
印　　　张：6.875
插　　　页：2
字　　　数：87,000
印　　　次：2017年4月第1版　2017年4月第1次印刷
I S B N：978-7-5321-6243-7/I.4981
定　　　价：25.00元

告 读 者：如发现本书有质量问题请与印刷厂质量科联系　T：0539-2925888

—— 小文艺·口袋文库 ——

小说